LES PRÊTRES-ROIS DE TARKOS

DU MÊME AUTEUR
CHEZ LE MÊME ÉDITEUR

Nº 40 : LES MANGEURS D'HOMMES D'ILETROIS
Nº 41 : LES CHEVALIERS-DRAGONS DE KHARM
Nº 42 : LES ADORATEURS DE DSCHUBBA
Nº 43 : L'EMPEREUR DE WORAD
Nº 44 : LES HORDES DU GRAND OCÉAN
Nº 45 : LES LÉGIONS DE KORUM
Nº 46 : L'ÉMERAUDE DE JOKKUN
Nº 47 : LES DEUX REINES DE DRAKO
Nº 48 : LES ZOMBIES DE VIKKA
Nº 49 : L'AMBASSADRICE DES KHUNS
Nº 50 : LE PROPHÈTE FOU DE DRYDEN
Nº 51 : LE FIEF DE CIPANG'HO

JEFFREY LORD

BLADE

LES PRÊTRES-ROIS DE TARKOS

PLON

ISBN 2-259-01472-0

CHAPITRE PREMIER

S'il y avait bien une énigme que Blade n'était jamais parvenu à éclaircir, c'était les motivations qui poussaient subitement Lord Leighton à décider les missions dans la Dimension X... Les mystérieux cheminements intellectuels des services spéciaux devaient être derrière tout cela. Et puis, il fallait aussi que le génie méconnu qui officiait dans les fondations de la Tour de Londres justifiât les sommes astronomiques qui étaient allouées — sans que ni les contribuables ni les ministres en soient informés... — au Projet DX. L'addition de toutes ces préoccupations donnait l'impression que les dirigeants de toute l'affaire tiraient les ordres de mission à la roulette, sans se préoccuper le moins du monde d'un quelconque plan préétabli.

Cette apparente légèreté provenait peut-être du fait que l'exploration des univers parallèles restait, malgré une cinquantaine de voyages déjà réussis, encore extrêmement soumise au hasard, dans la mesure où il était toujours impossible de définir à l'avance le lieu de rematérialisation de Blade. C'était là, d'ailleurs, un des problèmes majeurs qui se posait à Lord Leighton et qui empêchait, pour l'instant, l'accomplissement du Grand Œuvre pour lequel l'Angleterre dépensait secrètement tant d'argent et d'énergie : l'établissement d'un nouvel empire britannique au travers de la multitude quasi-infinie des univers parallèles. En effet, tant qu'il serait impossible de se déplacer à sa guise entre les Dimensions X, tout espoir de mettre en place des structures coloniales resterait impossible. L'autre point sensible était le fait que seul Richard Blade semblait avoir les capacités physiques et mentales de survivre à la translation. Ceux qui l'avaient précédé dans la cabine de la Tour de Londres avaient, soit purement et simplement disparu, soit étaient revenus dans un état de démence caractérisé. Et les améliorations apportées au fil des ans à l'appareillage n'avaient rien changé au problème. Une lueur d'espoir était venue lorsque Blade avait ramené, presque par hasard, un étrange véhicule cristallin, à la fin d'une précédente mission (1). Mais tant que les techniciens de Lord Leighton n'au-

(1) Voir Blade n° 50 : *Le Prophète Fou de Dryden.*

raient pas compris le fonctionnement de la sphère d'Ixtro, Blade en serait réduit à continuer à errer au hasard dans les profondeurs du vide qui séparait les mondes...

C'est cette préoccupation qu'il avait en tête lorsqu'il gara sa Rover non loin de la vieille et sinistre forteresse londonienne.

Blade se présenta ensuite au poste de garde discret qui s'ouvrait au pied des remparts et qui était surveillé par les hommes de la Special Branch des Services Secrets de Sa Majesté, le MI-6. Les gardes examinèrent soigneusement les empreintes digitales et vocales de Blade avant de l'autoriser à prendre l'ascenseur blindé qui descendait vers les laboratoires souterrains.

Les portes de la cabine s'ouvrirent dans un soupir et Blade pénétra une fois de plus dans l'antre bourdonnant aux murs recouverts de consoles d'ordinateurs. Comme d'habitude, le chef du MI-6, l'homme qu'on ne connaissait que sous le nom de « J », vint accueillir son agent favori pendant que Lord Leighton s'activait face aux centaines de voyants lumineux qui clignotaient tout autour de la salle.

— Bienvenue, mon cher Richard, dit J en tendant la main à Blade. Je suppose que nous vous avons, une fois de plus, dérangé ?

Blade se contenta de sourire au vieil homme aux cheveux gris, qui cultivait volontairement un air digne de gentleman farmer, sans doute pour trancher sur ceux qui l'entouraient à la City.

— Après tout, je suis payé pour ça..., fit Blade avec une mimique amusée. Mais, cette fois, je dois vous avouer, Monsieur, que l'inaction commençait à me peser. Alors...

Le visage ridé de J s'éclaira d'un bref sourire et le vieil espion se dit une fois de plus qu'il aurait bien aimé avoir un fils ressemblant à cet homme brun, intelligent, grand et musclé. Mais l'heure n'était pas aux sentiments et Lord Leighton se chargea de le leur rappeler en roulant vers eux, aussi vite que le moteur électrique de son fauteuil le lui permettait.

— Nous avons encore failli vous attendre, Richard ! s'exclama le vieillard déformé par la maladie. Le Premier ministre m'a fait savoir une nouvelle fois, pas plus tard qu'hier, qu'il fallait poursuivre les missions en perdant le moins de temps possible !

— Toujours cette vieille hantise de rentabiliser coûte que coûte l'argent investi..., dit Blade en serrant la patte d'oiseau qui servait de main au vieux génie.

— Je crois plutôt qu'ils ont hâte de lire votre prochaine aventure, là-bas, au 10 Downing Street, répondit J. J'ai entendu dire que le Premier ministre était friand des comptes rendus que nous lui faisons suivre après chacune de vos missions !

En entendant cela, Blade se dit qu'il avait toujours bien fait d'éviter de s'étendre sur certains épisodes... croustillants de ses voyages, dans le cadre de ses déclarations officielles, tout au moins.

Après une brève conversation avec les deux têtes pensantes du Projet DX, il se dirigea vers les vestiaires où l'attendait sa tenue de départ habituelle.

Il en ressortit moins de cinq minutes plus tard, vêtu d'un treillis de combat et d'une paire de rangers. Un gros ceinturon était passé autour de sa taille, ceinturon auquel étaient accrochés un sabre, une hache de taille moyenne et une gourde remplie d'eau. Des tablettes nutritives se trouvaient dans ses poches et un gros couteau commando était passé à l'intérieur de sa rangers droite.

Blade alla s'asseoir dans la cabine. Il boucla les sangles qui le retenaient à son siège et fit signe à J que tout était OK. Le bourdonnement du complexe informatique monta d'une octave et la structure grillagée se mit en place autour du voyageur interdimensionnel. Un bref claquement annonça que tout était paré pour la translation.

Le bourdonnement des ordinateurs se transforma en un chuintement et la vision de Blade commença à se brouiller. A cet instant, Lord Leighton fit pivoter son fauteuil pour regarder partir son cobaye favori. Le vieillard avait un sourire satisfait sur les lèvres mais Blade était déjà incapable de s'en apercevoir.

Tout à coup, les murs blancs de la salle parurent pris de folie et se mirent à tourner comme un kaléïdoscope géant. Une seconde plus tard, la vague noire du néant emportait le corps et l'esprit de Blade.

***

Comme à l'accoutumée, le vide interdimensionnel l'aspira avec une brutalité incroyable. L'esprit désincarné de Blade eut l'impression que chaque atome de son corps dissocié était devenu la proie d'une paire de tenailles invisibles. La douleur tressa instantanément un filet autour de la boule d'énergie qu'il était devenu, une douleur affreuse et inhumaine qui lui parut durer des siècles.

Puis Blade sentit enfin un ralentissement dans sa chute. Son être commença à se rassembler sous la poussée d'autres forces mises, elles aussi, en œuvre par les ordinateurs de Londres, et il sut qu'il n'était pas loin de sa destination. La douleur se fit également de plus en plus diffuse. Elle disparut brusquement lorsque Blade se rematérialisa dans l'univers inconnu qui venait de l'accueillir en son sein.

CHAPITRE II

Blade toucha le sol une seconde plus tard et roula sur le côté. Il ouvrit les yeux. Il avait atterri sur de la terre détrempée et eut du mal à se relever. Loin au-dessus de lui, une couche de plomb tapissait le ciel, preuve que la pluie n'allait sans doute pas tarder à tomber à nouveau. L'air était lourd et humide, comme figé par l'absence de vent, et les grosses feuilles dentelées des petits arbres qui entouraient Blade paraissaient prises dans une sorte de résine invisible, tant elles étaient immobiles. En regardant autour de lui, Blade s'aperçut qu'il se trouvait sur une sorte de petite colline dominant une plaine couverte d'une savane rousse de laquelle surgissaient çà et là des bosquets d'arbres aux troncs chétifs et noueux. C'est alors qu'il entendit les cris.

Ceux-ci venaient du pied du monticule. Blade tira son sabre et fila entre les arbres, en faisant attention de ne pas glisser sur la terre grasse et ravinée. Parvenu à hauteur des premiers troncs, il découvrit un mur bas, d'une demi-douzaine de mètres de long, et à moitié écroulé. Il se glissa silencieusement en direction des vieilles pierres. Pendant ce temps, un concert de cris et de hurlements avait explosé à une cinquantaine de mètres de là, entrecoupé par le fracas des armes qui s'entrechoquaient.

Blade se redressa pour jeter un coup d'œil de l'autre côté du mur.

Immédiatement, il vit qu'un petit campement, installé au pied du monticule, venait d'être attaqué par des hommes barbus et vêtus de haillons sombres. Le campement comportait trois tentes, d'assez grande taille, défendues par une dizaine d'hommes qui avaient du mal à repousser les assaillants, deux fois plus nombreux.

L'attaque venait juste de débuter. Blade comprit immédiatement que les hommes en haillons avaient profité de la hauteur des herbes rousses de la savane pour se rapprocher de leurs proies sans être vus. Mais la sentinelle du campement — qui gisait quelques mètres devant la limite des hautes herbes — avait dû deviner leur présence et les voyageurs avaient eu juste le temps de s'emparer de leurs armes pour contenir le premier assaut. La plupart d'entre eux portaient des sortes de vestes en toile descendant jusqu'aux genoux. D'autres, qui devaient se reposer dans les tentes étaient torse nu. Tout à coup, Blade se rendit compte qu'il y avait une femme parmi eux.

Il ne l'avait pas remarquée tout de suite car elle était restée dissimulée par un des deux lourds chariots qui avaient été garés entre les tentes et la savane, juste à côté de l'endroit où étaient attachés les quatre espèces de bœufs à longues cornes qui les tiraient. Ceux-ci se mirent d'ailleurs à mugir de terreur lorsque les attaquants commencèrent à se rapprocher dangereusement d'eux après avoir tué deux des défenseurs.

La jeune femme poussa un cri de colère et fondit sur le plus proche des bandits pour lui assener un coup d'épée sur l'épaule droite. L'homme se détourna, mais pas assez vite car le fer lui entailla profondément le bras, l'obligeant à lâcher son arme. La jeune femme aux cheveux noirs ne laissa pas passer une telle occasion et lui planta sa lame dans la poitrine.

Blade jaugea rapidement la situation. Les voyageurs se battaient plutôt bien mais pas assez pour venir à bout de leurs agresseurs. Ceux-ci resserraient petit à petit leur étau autour du campement. Déjà, les autres étaient forcés de reculer sur le bas de la pente de la colline et l'affaire était, de toute évidence, en train de mal tourner...

Blade examina une dernière fois le petit champ de bataille puis sauta par-dessus le mur en ruine. Comme il n'y avait aucune végétation susceptible de le dissimuler, il dévala la colline en courant, le sabre à la main.

La jeune femme se retourna et l'aperçut. Elle cria quelque chose à l'homme qui était le plus proche d'elle. L'autre vit Blade et se rua à sa rencontre, croyant visiblement avoir affaire à un complice des assaillants. Blade eut beau essayer de lui faire comprendre que ce n'était pas le cas, l'homme traversa le campement en courant dans sa direction.

En fait, ce fut l'un des brigands qui lui donna l'occasion de se disculper en se portant lui aussi à sa rencontre. L'homme en haillons avait une sorte de hache de bûcheron à la main et la faisait tournoyer au-dessus de sa tête en criant des jurons. D'un seul coup d'œil, Blade calcula qu'il rencontrerait le bandit avant que le défenseur du camp l'eût intercepté. Il accéléra donc encore sa course en obliquant vers la gauche. Parvenu à une quinzaine de mètres à peine du barbu à la hache, Blade fit semblant de glisser et roula au sol en lâchant son sabre. Son adversaire crut avoir l'affaire en poche et se rua vers lui.

La seule chose qu'il ne vit pas, c'est que Blade

avait, dans un éclair, retiré le poignard commando de sa rangers. Le barbu se douta de quelque chose quand il vit Blade se rétablir d'un coup au bout de sa roulade. Une seconde plus tard, la lame d'acier spécial vint se ficher dans son œil droit, transperçant du même coup le cerveau. Le bandit perdit l'équilibre, glissa sur la terre grasse et tapa de la tête contre une grosse pierre plate. Sous le choc, le poignard s'enfonça jusqu'à la garde dans l'orbite sanguinolente, faisant éclater l'occiput de sa pointe. Le corps du bandit n'avait pas encore fini de tressauter dans les dernières affres de l'agonie que Blade arrivait à sa hauteur, après avoir ramassé son sabre. D'un seul coup de pied, il retourna le corps sur le dos. La vue du crâne perforé ne lui inspira qu'un bref dégoût et il arracha son poignard de la cervelle de l'autre. Puis, il se retourna car l'homme du campement était juste derrière lui.

— Qui es-tu ? jeta le voyageur en le fixant avec une lueur d'incompréhension dans les yeux.

Blade remercia le ciel que les ordinateurs de Londres lui aient donné la faculté de comprendre toutes les langues parlées dans les Dimensions X.

— Un ami ! s'exclama-t-il. Pour l'instant, il te faudra te contenter de ça ! D'accord ?

L'autre n'eut que le temps d'acquiescer. Trois bandits arrivaient pour venger leur camarade. En un clin d'œil, le poignard de Blade trouva la gorge du plus proche. L'homme en haillons n'était pas encore tombé à genoux que Blade avait ramassé la hache de son premier agresseur pour l'expédier séance tenante dans la poitrine d'un autre attaquant. La grosse lame traversa les vêtements puants comme s'ils n'avaient pas existé pour s'arrêter contre la colonne vertébrale de l'homme. Sous le choc, celui-ci fut projeté en arrière.

— Joli coup ! s'exclama le voyageur tout en se mettant à ferrailler avec le dernier survivant du trio. C'est le ciel qui t'envoie !

Blade ne répondit rien. Il se contenta de se précipiter pour mettre un terme au duel entre les deux hommes. Son sabre entama un moulinet mortel qui se termina dans le visage du bandit, coupant le nez et une partie de la joue gauche. Un flot de sang jaillit des blessures béantes. Aveuglé, le barbu découvrit sa garde et le voyageur ne manqua pas une pareille opportunité de lui trancher la tête.

Sans attendre, Blade retourna prendre son poignard dans la gorge de sa deuxième victime et fit signe à son compagnon de filer vers le campement où les choses commençaient à tourner à l'aigre.

Il ne restait plus que quatre hommes et la jeune femme encore en état de combattre la douzaine de bandits qui les avaient acculés contre les chariots. Mais l'arrivée de Blade fit brusquement basculer le cours de la bataille.

La première chose qu'il fit fut de dégager la jeune femme en déchiquetant la cuisse d'un des trois bandits qui s'étaient attaqués à elle. Un jet de sang sortit de la fémorale sectionnée net. En quelques secondes, l'homme se retrouva vidé de son sang et s'effondra comme une poupée désarticulée sur le sol glissant.

Blade l'enjamba prestement pour s'en prendre à un autre agresseur qui avait eu le malheur de détourner la tête. Cette fois, le coup de sabre fit éclater la main, projetant l'épée du barbu à deux bons mètres de distance. Dans le même instant, la jeune femme réussit à planter sa propre épée dans l'abdomen du dernier de ses adversaires. Elle poussa alors un cri de joie guerrière, retira son arme du corps qui s'effondrait et courut porter main-forte à ses compagnons, sans même regarder Blade.

Le rapport des forces avait changé en l'espace de quelques instants. A sept contre neuf, la supériorité technique des voyageurs et de leur allié inattendu se mit à jouer à plein et leur contre-attaque tourna vite à l'exécution tant les bandits avaient été surpris par ce retournement de situation. Très vite, six d'entre eux se retrouvèrent au sol, tailladés par les lames implacables de Blade et de ses compagnons.

Les trois survivants n'hésitèrent plus alors une seconde et prirent la fuite.

Mais Blade n'était pas décidé à les laisser faire. Le poignard rattrapa un des fuyards et le cloua au sol juste avant qu'il n'atteigne la ligne des herbes rousses de trois mètres de haut.

Les deux autres réussirent à rejoindre l'abri de la savane en courant comme des fous. Ce qu'ils ne savaient pas, c'était que Blade et la jeune femme à la crinière noire étaient sur leurs traces...

La course des deux bandits terrorisés était trop éperdue pour qu'ils puissent espérer se fondre dans l'océan d'herbe. Blade et sa compagne les rejoignirent au bout d'une poignée de secondes.

— Chacun le sien! s'écria la jeune femme avec un accent de triomphe dans la voix.

Blade lui fit signe qu'il avait compris et sauta sur celui de droite. Les deux hommes roulèrent au sol. Le bandit réussit à se dégager mais un coup de poing à assommer un bœuf lui écrasa la figure, l'empêchant d'aller plus loin. A moitié sonné, le brigand se releva en titubant. Il se baissa pour reprendre son épée, tout en essuyant le sang qui coulait de son nez et de ses lèvres fracassées. Le sabre de Blade mit brutalement un terme à cette pitoyable tentative de continuer le combat.

De son côté, la jeune femme n'avait pas fait de quartier. Son épée était allée fouiller les reins du dernier fuyard. Celui-ci s'était mis à hurler sous l'effet de la douleur mais ses cris s'étaient brusquement arrêtés lorsque sa tête avait roulé un peu plus loin.

Lorsque Blade rejoignit l'inconnue, celle-ci était en train de contempler son œuvre avec un regard à la fois soulagé et satisfait. Blade écarta les herbes géantes et vit la tête tranchée qui semblait le fixer de ses yeux mi-clos.

— Beau travail..., fit-il à voix basse, comme s'il craignait subitement de déranger le silence qui s'était abattu autour d'eux.

La réflexion parut tirer la jeune femme de ses pensées et elle se retourna vers lui :

— Sans toi, c'est moi qui serais peut-être à la place de ce chacal ! Nous avons eu de la chance qu'aucun d'eux ne puisse s'échapper pour donner l'alerte à d'autres complices éventuels...

Blade hocha la tête et prit la jeune femme par le bras.

— Ne restons pas ici, dit-il. On doit sûrement avoir besoin de nous au campement.

CHAPITRE III

Les quatre voyageurs survivants étaient en train de regrouper les cadavres lorsque Blade et sa compagne ressortirent du mur végétal. Celui qui avait voulu intercepter Blade se détacha du groupe et vint à leur rencontre. La longue veste de l'homme était déchirée et souillée de sang mais sans que son propriétaire semblât avoir été blessé.

— Tu nous a rendu un fier service, étranger..., dit-il en assenant une grande claque sur l'épaule de Blade. Sans toi, ces charognards auraient fini par avoir raison de nous !

Blade eut un sourire fatigué.

— Ce n'était pas votre heure, voilà tout...

Un peu plus tard, et après avoir nettoyé le campement et redressé une des tentes qui s'était écroulée durant l'assaut, les voyageurs allumèrent un feu discret et firent cuire dessus un bon quartier de viande. Tout en les aidant, Blade avait eu largement le temps de les détailler et de se rendre compte qu'ils n'avaient rien à voir avec leurs assaillants. Ces derniers étaient des êtres frustes et sales, dont le faciès bestial était au trois quarts dissimulé par une épaisse barbe noire remplie de saletés et de parasites. Et le sang coagulé qui s'était mélangé à leur crasse et à leurs haillons n'était pas fait pour améliorer l'affaire...

Les Tarkossis — c'était ainsi que se faisaient appeler les voyageurs — étaient très différents et nettement plus civilisés. Grands et fins, ils avaient tous des cheveux noirs comme la nuit et des traits empreints, à la fois, d'une certaine noblesse et d'une sorte de lassitude. Ce fut, d'ailleurs, ce qui frappa le plus Blade dès qu'il eut un peu de temps pour les observer de près.

La jeune femme se nommait Darya et Blade comprit vite que c'était elle qui dirigeait le petit convoi. Les autres Tarkossis lui obéissaient au doigt et à l'œil. Darya parut se désintéresser totalement de Blade jusqu'à ce que le campement soit entièrement remis en ordre et que presque toutes les traces du combat aient disparu, à l'exception des cadavres des brigands, entassés près de la limite de la savane rousse. Les six morts, du côté des voyageurs furent, quant à eux, enterrés rapidement pour échapper aux charognards que l'on sentait déjà tout proches.

Vers la tombée du jour, tout le monde se retrouva pour manger autour du feu sur lequel grésillait la viande. Là, Darya vint s'asseoir auprès de Blade, qui était en train d'échanger quelques mots avec Jutton, l'homme qui avait failli se battre avec lui par erreur. Le Tarkossi, comme ses compagnons, avait resserré le réseau de lacets en cuir qui fermait sa longue veste pour lutter contre la fraîcheur qui commençait à descendre sur la savane. Bien protégé par son treillis, Blade n'avait pas le même problème. Le reste de l'habillement des voyageurs comportait une sorte de haut-de-chausse, qui laissait le mollet à l'air libre, et une paire de chaussures à semelle plate et enveloppant la cheville. Un baudrier de cuir ouvragé complétait le tout, soutenant une épée assez courte et à la lame plutôt large. Il n'y avait aucune différence entre l'habillement de Darya et celui des hommes de sa petite troupe, maintenant décimée.

— Que comptes-tu faire, Richard Blade ? fit la jeune femme après avoir mordu délicatement dans son morceau de viande saignante.

Blade vit que Jutton affichait un petit sourire.

— Si tu as de la place pour moi dans ton escorte, je serais heureux de t'accompagner..., répondit-il.

— Mais tu ne sais même pas qui je suis et où je vais ! rétorqua la jeune femme avec un certain manque de conviction qui amusa Blade.

— On suivrait une femme aussi belle jusqu'en enfer..., dit celui-ci en inclinant légèrement la tête. Cela dit, je ne vois pas ce que je pourrais faire d'autre.

— Mais tu es bien déjà arrivé jusqu'ici, non ? intervint Jutton en caressant son menton pointu.

Blade se lança alors dans une explication qu'il espérait claire, au sujet de sa présence — fort opportune — au sommet de la colline.

— Fort bien, soupira Darya, une fois qu'il eut terminé, je suis d'accord pour te prendre à mon service. Mais je dois t'avertir que ce voyage risque de ne pas être de tout repos et qu'il se pourrait que tu rencontres bien pire que ces coupeurs de gorges qui nous ont attaqués !

La jeune femme s'arrêta soudain, comme si elle venait de se rendre compte qu'elle en avait trop dit et Blade s'aperçut que Jutton, lui-même, avait brièvement froncé les sourcils.

— Eh bien, maintenant j'ai un but en ce bas monde..., fit-il d'une voix qu'il voulut enjouée.

*
**

La nuit ne tarda pas à s'installer totalement, bien aidée en cela par le plafond bas qui occultait les étoiles. Il fit bientôt aussi noir que dans un four. Le feu avait été éteint dès la fin du repas, afin de ne pas signaler à d'autres éventuels rôdeurs la présence du campement. Il fut décidé que Blade et les quatre survivants de l'escorte de la belle Darya prendraient chacun un tour de garde jusqu'au matin. Le tirage au sort désigna un certain Onheim pour prendre la première veille. Dès que l'homme eut rejoint son poste sur l'un des chariots, Darya salua Blade et alla se glisser dans sa tente.

Blade, quant à lui, préféra rester assis auprès des restes du foyer pour réfléchir un peu. D'où il se trouvait, il apercevait à peine la silhouette d'Onheim, accroupie sur le véhicule, ce qui lui fit penser que cette histoire de sentinelles était plus psychologique que réellement efficace : n'importe qui pourrait se glisser jusqu'au campement sans être détecté par un veilleur complètement englué dans une nuit plus épaisse que de l'encre de Chine…

A cet instant, Blade entendit un bruit de pas étouffé sur le sol humide. Il détourna la tête et ne reconnut l'arrivant que lorsque celui-ci fut à moins de trois mètres de lui.

— Je n'ai pas envie de dormir…, déclara Jutton en s'asseyant auprès de lui. J'espère que ma compagnie ne te dérange pas ?

— Bien au contraire, répondit Blade, qui vit là une excellente occasion d'avoir enfin quelques renseignements sur ce monde dont il ne savait encore rien.

Il distinguait à peine le visage triangulaire de son compagnon mais il devina qu'une rapide expression de soulagement venait de s'y afficher. De toute évidence, le Tarkossi avait envie de parler.

— Tu as dit tout à l'heure que tu venais de très loin, fit Jutton au bout d'un bref instant de silence. Je ne crois pas trahir un grand secret en te révélant que c'est aussi notre cas. Je sais que Darya désirait attendre un peu pour te le dire, mais il faudrait être aveugle pour ne pas s'en rendre compte... Cela fait plusieurs semaines que nous voyageons dans ce damné pays et je me demande si nous atteindrons un jour le but que s'est fixé Darya...

— Qui est ? demanda Blade à tout hasard.

Jutton eut un soupir.

— Ça, je préfère attendre qu'elle te le dise elle-même.

Cette réflexion ramena à l'esprit de Blade l'étonnement qui était brièvement apparu chez le Tarkossi lorsque la jeune femme avait parlé des dangers qui les guettaient. Visiblement, il y avait aussi des choses que Jutton, lui-même, ignorait dans cette expédition...

— Tarkos est donc si loin que ça ? dit-il tout à coup pour faire repartir la conversation. A moins que tu n'aies pas non plus l'autorisation de me parler de ton pays ?

— Tarkos est un vieux pays, répondit Jutton après une brève hésitation. Un pays que plus personne ne connaît.

— Darya serait donc une sorte d'ambassadrice ?

Le Tarkossi secoua la tête.

— Non, c'est seulement quelqu'un de riche qui désire voir ce qui se passe hors de nos frontières. Elle est assez téméraire pour pouvoir se le permettre.

— Et toi, là-dedans ? intervint Blade qui voyait combien le Tarkossi répugnait à parler.

— Moi ? Je suis bien peu de chose. Ma famille est depuis des générations une cliente de celle de la Conseillère Darya et il m'aurait été difficile de refuser son invitation à la suivre dans cette aventure insensée !

Blade sentit alors qu'il avait mis le doigt sur une plaie ouverte dans l'esprit de son compagnon. Il décida donc de pousser les choses un peu plus loin.

— Si je comprends bien, la société de Tarkos est très hiérarchisée ? avança-t-il, un peu au hasard.

Jutton ne répondit pas tout de suite mais

Blade l'entendit remuer, comme s'il était subitement mal à l'aise.

— Tout est figé, à Tarkos ! grogna soudain Jutton. Et la société, plus que le reste. Depuis que le premier Prêtre-Roi a été intronisé, plus rien n'a jamais changé. Et c'est pour ça que Tarkos n'est plus qu'une cité de fantômes que le temps est en train de ronger silencieusement... Mais j'en ai déjà trop dit, étranger, ajouta-t-il en se relevant d'un seul coup. J'espère que Darya ne m'a pas entendu. Bonne nuit !

Sur ce, il s'éloigna rapidement et disparut en direction de sa tente, laissant Blade un peu perplexe.

Ayant choisi le deuxième tour de garde, Blade resta à fixer la nuit étouffante. Au loin, une vie invisible semblait hanter la mer d'herbes rousses. D'innombrables bruits, cris et feulements surgissaient de la savane, le mettant mal à l'aise. L'absence totale de feu accentuait encore le sentiment d'insécurité que faisait naître cette contrée sauvage. Pour y résister, Blade essaya de se concentrer sur le mystère que paraissait poser la seule existence de Tarkos au sein de cet univers inconnu.

Un point était établi : c'était une ville et non un pays. Les quelques renseignements qu'avait laissé échapper Jutton sous l'effet de sa brève colère incitèrent Blade à déduire que cette cité vivait en vase clos depuis longtemps et qu'elle subissait les perfides effets de la dégénérescence qui guette fatalement toutes les sociétés humaines vivant trop longtemps en circuit fermé. Dégénérescence physique par manque de sang neuf et dégénérescence morale par manque d'horizons nouveaux...

Cette simple constatation faisait surgir d'autres questions dont la plus évidente était de savoir comment une telle ville avait pu rester isolée dans un monde qui ne manquait pourtant pas d'hommes, comme l'attaque de la bande de brigands le démontrait.

Arriva l'heure de la relève et Blade alla remplacer le guetteur sur le chariot.

***

Le lendemain matin, Blade fut réveillé par Darya. La jeune femme entra dans la tente que Blade occupait seul et vint s'asseoir à côté de lui. Elle avait l'air d'avoir mal dormi, sans pour autant que les cernes sous ses grands yeux verts n'entamant la beauté de son visage de chatte. Elle resta un instant assise sans rien dire, ce qui lui permit d'apprécier la finesse de ses traits. Comme les hommes qui l'accompagnaient, Darya avait les pommettes hautes et les yeux très légèrement bridés. Sur Terre, elle serait passée pour une beauté eurasienne de haute lignée... Quant à son corps, si la veste en dissimulait trop bien la partie supérieure, en revanche, son haut-de-chausse laissait deviner des cuisses fines et musclées. Darya avait beau venir d'un pays où la consanguinité avait dû faire des ravages, elle n'en était pas moins quelqu'un avec qui il valait mieux rester en bons termes. Le combat de la veille l'avait d'ailleurs parfaitement démontré.

— Bien dormi ? dit-elle enfin, avec juste assez de sourire pour rendre sa bouche un peu plus désirable.

Blade se redressa sur les coudes avec une petite grimace. Il n'avait pas quitté son treillis en raison de la fraîcheur humide, que les couvertures ne parvenaient pas à contenir, et il se sentait fripé et sale.

— Aussi bien que possible sur de la terre glaciale..., dit-il en se relevant complètement.

— Je trouve que les vêtements de voyage de ton pays sont assez étranges, remarqua Darya tout en appréciant visiblement le corps musclé et bien découplé de Blade.

— Etranges mais pratiques. Cela dit, je crois qu'il vaudrait mieux les échanger contre ceux d'un des morts de ton escorte. A moins qu'ils n'aient pas de vêtements de rechange...

La jeune femme eut un autre sourire, cette fois plus franc.

— Là n'est pas le problème. J'espère seulement que tu arriveras à rentrer dedans car une carrure comme la tienne n'est pas chose courante à Tarkos...

Dehors, le temps s'était un peu amélioré depuis la veille. La couverture nuageuse n'était plus aussi compacte et, par endroits, des trous plus ou moins gros laissaient transparaître des flaques de ciel bleu.

Pendant que Jutton et ses trois compagnons s'occupaient à démonter le campement et à atteler les bœufs aux chariots, Blade alla se rafraîchir à une source qui jaillissait au flanc de la petite éminence, hors de la vue des voyageurs. Il quitta rapidement treillis et rangers puis se mit à s'asperger copieusement. L'eau froide lui fit du bien et balaya d'un seul coup les scories de la nuit qui s'accrochaient encore à lui. Il allait se baisser pour ramasser les vêtements qu'il venait d'emprunter à un des Tarkossis décédés lorsqu'il entendit un bruit derrière lui. Il se retourna d'un coup et vit que Darya, appuyée contre un tronc noueux, était en train de le détailler avec un regard où se mêlaient amusement et intérêt.

Blade se racla la gorge et s'habilla, l'air le plus dégagé possible.

— Je t'ai déjà dit que des hommes tels que toi étaient une denrée rare dans mon pays..., fit la jeune femme en s'avançant vers lui.

Blade ne répondit rien et continua à faire un paquet de son treillis et de ses rangers. Puis il ajusta son baudrier et y accrocha son sabre, après avoir passé le poignard commando dans la fine ceinture de son haut-de-chausse. Il s'apprêtait à partir lorsque Darya posa la main sur son bras.

— Attends un peu, étranger. Tu vas rester ici à surveiller les environs pendant que je me rafraîchis.

Blade la fixa droit dans les yeux pour essayer de voir à quel jeu elle jouait.

Mais Darya ne lui laissa pas vraiment le temps de réfléchir : en une poignée de secondes, elle fit tomber ses vêtements et apparut entièrement nue. Sans plus se préoccuper de lui, elle se dirigea vers la source et commença à se frotter le corps à l'eau glacée.

Blade avait beau être furieux de la désinvolture de la belle Tarkossi, il n'en était pas pour autant de bois. La vue de ce corps nu, à la peau à peine cuivrée, lui fit passer des frissons dans le dos. Comme il l'avait deviné, la jeune femme était à la fois fine et musclée, ce qui ne l'empêchait pas de posséder d'agréables courbes au niveau des hanches et des fesses dures et rebondies.

Continuant à se comporter comme s'il était devenu invisible, Darya se retourna sans fausse pudeur, pour continuer à se rafraîchir. Blade découvrit ainsi ses seins fermes aux pointes dressées par le froid. Puis la main de la Tarkossi descendit le long de son ventre plat pour se perdre dans le large triangle noir qui soulignait le haut de l'intérieur de ses cuisses.

N'y tenant plus, Blade inspira profondément et s'approcha de la nymphe à la noire crinière qui le narguait.

Darya attendit qu'il soit à moins d'un mètre d'elle pour lui tourner brusquement le dos. Lorsque Blade lui caressa l'épaule, il la sentit sursauter.

— Je t'ai demandé de rester pour surveiller les alentours, étranger, pas pour m'aider à me laver...

Blade retira immédiatement la main. C'était elle qui l'avait cherché et, paradoxalement, c'était maintenant lui qui avait l'impression d'être pris en faute... Un instant, la pensée de passer outre aux réticences de Darya lui traversa l'esprit. Mais une intuition lui souffla immédiatement que ce n'était pas le moment. Il abandonna donc cette idée et se contenta de reculer de quelques pas pour profiter au mieux de l'exquis spectacle que donnait la jeune femme en se rhabillant comme si de rien n'était.

Darya ramassa ensuite le ballot formé par les rangers enroulées dans le treillis. Elle le jeta à Blade, qui l'attrapa au vol.

— Allez, étranger, ne perdons pas de temps. Les charognards qui nous ont attaqués hier ne sont sûrement pas les seuls de leur espèce et quelque chose me dit que rester à cet endroit ne nous vaudra rien de bon !

— Sais-tu au moins où tu vas ? lui dit alors Blade.

Les yeux verts devinrent un peu plus bridés.

— Je sais que Jutton et toi avez discuté ensemble, cette nuit. Mais, je vais te rassurer. Tarkos a été retranchée depuis trop longtemps du monde des vivants, perdue qu'elle était dans ses anciens rêves de splendeur. Cependant, du temps où elle régnait sur ce vaste pays, ses cartographes ont bien travaillé et, même si beaucoup de choses ont dû changer depuis cette époque, leurs cartes sont toujours aussi efficaces. Et tu dois savoir comme moi qu'une ville ne s'établit pas n'importe où...

Sur ces paroles, Darya lui tourna le dos et disparut en direction du campement. Blade resta quelques secondes à fixer le point de la pente de la colline où elle venait de s'évanouir. Il comprit alors que cette femme mystérieuse avait réussi à le fasciner totalement. Une terrible envie de la serrer dans ses bras s'empara un instant de lui avant que son sens de l'efficacité ne reprenne le dessus et qu'il parte à son tour vers les deux chariots qui l'attendaient.

Quand il parvint au bas de la colline, Darya était déjà assise à côté du conducteur du véhicule de tête. Jutton fit signe à Blade de venir le rejoindre dans le second. A peine avait-il grimpé sur le banc que les fouets claquèrent sur le dos des bœufs. Les grosses roues pleines s'arrachèrent péniblement à la terre collante et les deux chariots entreprirent de contourner en partie l'éminence coiffée d'arbres.

Blade vit Jutton sortir de sa poche une espèce de gros bijou recouvert de verre. Un rapide coup d'œil ne tarda pas à lui apprendre que les Tarkossis avaient, depuis longtemps sans doute, inventé la boussole... Jutton se mit d'accord avec le conducteur du premier chariot et le petit convoi s'engagea lentement dans la mer rousse de la savane, laissant derrière lui les cadavres des brigands, déjà convoités par une véritable escadrille de rapaces au vol et aux cris sinistres.

CHAPITRE IV

Se déplacer au milieu de la savane de ce monde était une expérience que Blade ne serait pas près d'oublier. Les herbes s'élevaient jusqu'à presque quatre mètres de haut, formant autour des chariots une muraille fluctuante qui donnait le mal de mer si on la fixait trop longtemps. Le ciel gris nimbait le paysage tout entier d'une lumière terne et augmentait l'effet d'écrasement que subissaient les voyageurs tassés sur leurs bancs de bois.

Jutton expliqua à Blade que, d'après les vieilles cartes, ils en auraient encore pour deux jours, au moins, avant de voir le bout de la savane. A condition, bien sûr, que les animaux tiennent le coup.

— L'homme qui nous les a vendus au dernier village avant cette maudite savane nous a assuré que nous n'aurions pas de problème avec eux...

Blade leva les yeux au ciel.

— Et c'est sûrement lui qui a renseigné les coupeurs de gorge qui vous sont tombés dessus hier soir. Tu comprendras donc que j'aie une certaine tendance à mettre sa parole en doute.

Jutton fit une grimace mais ne répondit rien.

Devant eux, le chariot où se trouvait Darya avançait avec régularité. Le terrain était plat et le seul obstacle était la végétation incroyable qui le recouvrait. Les herbes étaient d'ailleurs d'une solidité et d'une élasticité incroyables : à peine étaient-elles passées sous le chariot qu'elles avaient immédiatement tendance à se redresser, à tel point que le conducteur du véhicule qui transportait Blade, un certain Adkar, prenait le plus grand soin à coller à l'arrière de celui qui le précédait pour ne pas avoir, lui aussi, à les écraser. Et, derrière le convoi, les grandes herbes rousses reprenaient leur ancienne position, effaçant presque complètement toute trace de son passage. Aucun doute possible, la savane constituait le plus parfait des pièges pour celui qui avait le malheur de s'y aventurer sans moyen de se repérer...

La journée passa avec une lenteur assommante. Adkar et Jutton paraissaient être presque constamment perdus dans leurs pensées et Blade faillit s'endormir à plusieurs reprises. Finalement, lorsque Darya se retourna vers eux pour donner le signal de l'arrêt pour la nuit qui s'annonçait, une vague de soulagement l'envahit.

Le premier chariot stoppa. Adkar fit faire un écart à ses bœufs et vint se garer à côté de lui, en laissant quelques mètres entre les deux véhicules. Puis les quatre Tarkossis sautèrent à terre et entreprirent de faucher avec leurs épées la portion d'herbes ainsi délimitée. Quand ils eurent terminé, Blade eut l'impression de se trouver au fond d'un énorme puits aux parois végétales.

Les tentes furent déballées et montées et le petit groupe s'apprêta à passer une nouvelle nuit au cœur de la savane.

Un feu fut allumé — les herbes ayant entre autre propriété bizarre, celle d'être incombustibles — autant pour donner de la chaleur que pour faire reculer les ténèbres oppressantes qui tombaient à toute vitesse. Cette fois, Blade remarqua que les Tarkossis paraissaient moins distants avec lui, comme si le simple fait d'avoir passé une seule journée avec lui avait créé de nouveaux liens entre eux. Même Darya parut perdre un peu de sa morgue, ce qui ne fut pas pour lui déplaire. La seule chose, pourtant, qu'il ne parvint pas à tirer d'eux fut d'autres informations sur leur mystérieuse cité et sur le but de leur voyage.

Lorsque les tours de garde furent distribués,

Blade s'arrangea pour avoir le dernier, celui de l'aube.

Blade fut tiré de son sommeil par Kamet, le quatrième Tarkossi survivant, le seul avec qui il n'ait pas encore parlé. L'homme semblait du genre taciturne. Son visage était moins triangulaire que celui de ses compagnons et son corps plus trapu. De gros sourcils broussailleux et un nez un peu aplati ajoutaient encore à l'allure de lutteur du Tarkossi. Pas étonnant que Darya se soit adjoint ses services pour une expédition qui apparaissait de plus en plus comme étant particulièrement risquée. Risquée et pas très claire...

Blade remercia Kamet d'une bourrade amicale et lui céda sa place. A peine était-il sorti de la tente que le Tarkossi ronflait déjà.

Le froid matinal fit frissonner Blade. Un vent léger s'était levé dans la nuit, dispersant une bonne partie de la couche nuageuse dont il ne subsistait plus maintenant dans le ciel clair de l'aube, que des restes épars et effilochés. Avec la disparition des cieux plombés, une grande partie de la sensation d'écrasement s'était envolée et Blade en fut inconsciemment soulagé.

Un silence impressionnant régnait sur le campement tapi au fond du grand trou creusé dans l'épaisseur des herbes rousses. Seuls, quelques manifestations de vie furtives le dérangeaient de temps à autre, avec juste assez de mystère pour les rendre vaguement inquiétantes.

Blade s'approcha d'un des chariots et grimpa sur le banc du conducteur. Il resta là, debout et immobile, les sens aux aguets. Cependant, ce n'était pas la savane qu'il écoutait avec attention, mais le campement. Et quand il fut certain que tout le monde dormait profondément, il quitta en silence le banc et se glissa à l'arrière du chariot.

Celui-ci était encombré de caisses et de tout ce qu'on peut s'attendre à trouver dans les bagages d'une expédition en territoire inconnu : outils, armes, cordes, etc., le tout recouvert par une bâche de toile épaisse.

Blade enroula rapidement cette dernière en essayant de faire le moins de bruit possible. Il n'accorda que peu d'attention au matériel cité plus haut et se concentra sur la dizaine de caisses qui occupaient la plus grande partie du plateau. Par bonheur, un système simple de fermeture permettait de les ouvrir sans avoir à les forcer. Blade ne découvrit rien d'intéressant dedans : les caisses étaient pleines de vêtements, de nourriture et de divers ustensiles. Il trouva également un certain nombre de bourses remplies de pièces d'or vierges de toute frappe, ce qui n'avait rien d'étonnant, non plus...

Déçu, Blade remit la bâche en place et descendit à terre pour se diriger vers le second chariot, dans lequel il grimpa aussitôt qu'il eut vérifié que tout le monde dormait toujours à poings fermés.

Là, la même déception l'attendait et il finit par se demander si Darya n'était pas en réalité ce qu'elle prétendait être, c'est-à-dire une aventurière avide de voyager hors de sa ville prise d'une léthargie séculaire...

Pourtant, son intuition soufflait à Blade qu'il y avait anguille sous roche et que ces damnés chariots n'étaient peut-être pas aussi innocents qu'ils voulaient bien le laisser croire.

Il revint rapidement au premier des véhicules qu'il avait visité et se mit à l'examiner de près. Il fit rapidement le tour du châssis, sans rien trouver d'anormal. Blade était en train de grimacer de dépit lorsque ses yeux se portèrent par hasard sur les grosses roues en bois plein. Il s'accroupit près de l'une d'entre elles pour en palper la jante avec attention. Sans rien trouver, au demeurant.

En dernier ressort, Blade se glissa sous le chariot en écartant avec difficulté les herbes qui s'y trouvaient coincées. Le nouvel examen de la roue se révéla plus difficile à réaliser mais la main de Blade finit par rencontrer ce qu'il cherchait : une cavité aux parois rugueuses et dans laquelle était fixé un sac oblong de toile dure.

Immédiatement, Blade tâtonna pour défaire les lanières de fixation. Il dut batailler avec pendant une bonne minute avant de pouvoir s'emparer du sac. Dès qu'il eut ce dernier en main, il le ramena vers lui pour l'ouvrir.

Les fermetures du sac long d'une cinquantaine de centimètres s'ouvrirent sans effort. La toile se déroula et révéla son contenu.

En un clin d'œil, Blade comprit qu'il avait devant lui assez de pierres précieuses pour acheter un convoi de cinquante chariots entièrement équipés...

Il ne s'attarda pas à contempler cette petite fortune et remit immédiatement le sac dans sa cachette.

Une fois cette besogne menée à bien, Blade tâtonna successivement les trois autres roues du chariot et découvrit une cache similaire dans chacune d'entre elles...

Il s'apprêtait à ressortir quand il s'aperçut que quelqu'un l'attendait à côté du véhicule.

— Je commence à te trouver un peu trop curieux à mon goût, étranger..., murmura Darya d'une voix tendue.

⁂

— Je suppose que tu as déjà préparé une explication si parfaite que je vais être obligée de te remercier, dit la belle Tarkossi quand Blade se fut dressé devant elle. Que faisais-tu là-dessous ?

Blade remarqua que Darya continuait à lui parler à voix basse, ce qui l'intrigua quelque peu.

— Aurais-tu peur que tes hommes t'entendent ? fit-il en jetant un coup d'œil en direction des tentes.

Les yeux verts de la jeune femme s'étrécirent.

— Je t'ai posé une question, étranger ! souffla-t-elle.

Blade alla s'adosser contre le chariot.

— Et moi je vais te répondre par une autre : tes hommes savent-ils ce qu'il y a dans les caches des roues de ce chariot ?

Le bœuf le plus proche s'arrêta brusquement de brouter les herbes coupées et fixa Blade d'un air interdit, comme s'il avait cru subitement que c'était à lui que s'adressait la question.

— Non..., finit par avouer Darya, d'une voix à peine audible. J'ai creusé moi-même ces caches après avoir acheté les chariots.

— Si je comprends bien, il y en a autant dans les roues du second ?

La Tarkossi rejeta en arrière ses longs cheveux noirs. Une fureur mêlée de dépit se lisait sur son visage aux traits légèrement asiatiques.

— Que veux-tu pour ton silence ? murmura-t-elle sur un ton rageur. Donne-moi ton prix et que soit maudit le jour où je t'ai rencontré !

Blade se détacha du chariot et vint se planter face à la jeune femme, qui le dévisageait avec autant de sympathie que s'il avait été Satan en personne.

— Premièrement, je n'ai pas l'habitude de faire chanter les gens pour qui j'ai de l'estime et, secundo, je me permets de te rappeler que si nous ne nous étions pas rencontrés fortuitement, toi et les tiens seriez à coup sûr en train de nourrir les charognards de la région en ce moment...

Blade allait continuer lorsqu'un bruit s'éleva de l'une des tentes.

— Je te suggère de poursuivre cette aimable conversation un peu plus loin, dit-il alors à Darya.

La jeune femme avait, elle aussi, entendu le bruit. Elle hésita une seconde avant d'acquiescer. Blade lui sourit et se dirigea vers le rideau d'herbes rousses, qu'il écarta pour la laisser passer devant lui. Il remarqua alors que Darya avait la main posée sur la poignée de son épée et fut à la fois amusé et chagriné de constater, à ce détail, quelle déplorable image de marque il avait auprès d'elle...

Une dizaine de mètres plus loin, ils s'arrêtèrent. Blade faucha les herbes à coups de sabre jusqu'à ce qu'un petit espace circulaire soit dégagé autour d'eux, juste assez pour qu'ils n'aient pas la sensation d'étouffer.

— Voilà, fit-il en rengainant son arme. Les oreilles indiscrètes ne devraient plus nous importuner... Cela dit, j'espère que tu vas maintenant me dire à quoi tu destines cette fortune en pierres précieuses. Est-ce que, par hasard, tu n'aurais pas l'intention de quitter Tarkos pour de bon ?

Darya resta un instant à le fixer droit dans les yeux. De toute évidence, elle était en train de se demander si elle allait, oui ou non, tout lui raconter. Puis ses traits se détendirent imperceptiblement et Blade sut qu'il avait gagné.

— Ces pierres constituent une partie de ma fortune personnelle, si tu veux tout savoir, commença-t-elle d'une voix qui gagna vite en assurance. Comme Jutton te l'a probablement dit, je fais partie du Conseil de la Cité et j'ai dû me battre longtemps pour que celui-ci m'autorise à entreprendre ce voyage vers le Dehors, car une Loi Sacrée édictée il y a des siècles par les Prêtres-Rois nous interdit formellement de sortir des limites de Tarkos ou de laisser entrer des étrangers à notre race.

— Une race qui aurait sans doute bien besoin de sang neuf..., intervint Blade d'un air faussement pensif.

La jeune femme eut un soupir.

— Décidément, je constate que Jutton a eu la langue bien longue, l'autre soir ! Mais tu as raison, Tarkos est en train de mourir lentement entre ses murs, prisonnière d'une loi absurde et d'un orgueil imbécile : les Prêtres-Rois n'ont pas compris que la splendeur qu'ils ont connu de leur vivant n'est plus qu'un fantôme ruiné par le temps ! Et si personne ne fait rien, Tarkos ne sera plus qu'un antre de créatures physiquement et moralement débiles avant un siècle...

Darya s'arrêta de parler subitement, alors que Blade notait dans un recoin de son esprit l'étrange phrase concernant les Prêtres-Rois.

— Comment as-tu réussi à obtenir l'autorisation de quitter Tarkos ? demanda-t-il ensuite à la jeune femme dont les narines frémissaient sous l'effet de la colère.

— En leur faisant comprendre que notre sécurité exigeait que l'un d'entre nous aille voir ce qu'étaient devenus les habitants du Dehors avec lesquels nous n'avions plus de contact depuis des centaines d'années ! C'était le seul argument qui pouvait les convaincre.

Blade hocha la tête, l'air pensif.

— Et je suppose que tu as une tout autre idée en tête, n'est-ce pas ? Une idée nécessitant une certaine... mise de fonds.

Les lèvres de Darya se serrèrent. Puis, elle se jeta à l'eau :

— J'ai bien l'intention de revenir à Tarkos, dit-elle, le regard fixe. Mais pas seule. Je veux engager des mercenaires pour m'emparer du pouvoir et liquider le Conseil et ces maudits Prêtres-Rois qui nous empoisonnent l'existence depuis tant de générations !

Blade ne put s'empêcher d'émettre un petit sifflement d'étonnement admiratif.

— Voilà une initiative aussi intéressante que dangereuse..., fit-il en la prenant soudain par les épaules. Par expérience, je sais qu'il faut n'accorder que peu de confiance aux mercenaires dans ce genre d'action : l'appât du gain et du pouvoir peut les pousser à se retourner contre leur employeur...

Darya se dégagea de l'étreinte de Blade.

— Me crois-tu assez imbécile pour ne pas avoir pensé à ça ? s'exclama-t-elle. Mais c'est la seule solution qui nous reste pour sauver Tarkos de la mort lente. Et même si les mercenaires s'emparent de la ville, ça vaudra encore mieux pour mon peuple que de continuer à s'étioler comme il le fait en ce moment ! Est-ce que tu comprends ça, oui ou non ?

Blade acquiesça.

— Tout à fait. C'est un risque à prendre, un risque qui peut se révéler payant si l'affaire est menée avec fermeté. Cela dit, crois-tu que des soldats de fortune se laisseront commander par une femme, si douée soit-elle pour le métier des armes ?

Darya se redressa comme si elle venait de recevoir une gifle.

— Tu n'as peut-être pas vu, étranger — et elle insista sur ce mot — comment Jutton et les autres m'obéissent au doigt et à l'œil ? jeta-t-elle.

Blade l'arrêta d'un geste apaisant.

— Je n'avais pas l'intention de t'insulter... Bien sûr que tes hommes obéissent au moindre de tes gestes, mais il ne faut pas oublier qu'ils sont prisonniers d'une éducation inflexible quant à la hiérarchie sociale. Pour eux, peu importe que tu sois une femme ou un homme, du moment que tu es à des lieues au-dessus d'eux, socialement parlant. Ils se feront tuer pour toi, non pas par dévotion, mais parce que la loi inscrite dans leur cerveau l'exige ! Par contre, il est probable que les mercenaires que tu comptes engager deviendront de véritables fauves dès qu'ils auront mis un pied dans Tarkos, des bêtes sauvages qu'il te sera impossible de maîtriser.

Darya se mordit les lèvres et Blade crut une seconde qu'elle allait fondre en larmes.

— Alors, tu penses que je ne suis qu'une folle, c'est ça ? fit-elle, la gorge soudain serrée par l'émotion.

— Non, répliqua Blade. Ce qui manque à ton plan, c'est quelqu'un qui ait de l'estime pour toi et qui ait assez d'expérience et de poigne pour mater une bonne centaine de tueurs professionnels...

La jeune femme parut se calmer quelque peu et attendit un court instant avant de parler.

— J'aimerais savoir ce qui peut bien te pousser à m'offrir tes services, étranger... Car c'est bien de cela qu'il s'agit, n'est-ce pas ?

— Parfaitement, répondit Blade. Comme je te l'ai déjà dit, avant de te rencontrer, je n'avais rien de particulier à faire et je vois là une excellente occasion de prêter ma science de la guerre pour une bonne action...

Au lieu de lui répondre, Darya se jeta dans ses bras et l'embrassa avec une vigueur qui le laissa pantois.

Un instant plus tard, ils entendirent la voix de Jutton qui les appelait. La jeune femme se sépara à regret de Blade et répondit à son compatriote, visiblement inquiet.

— J'ai bien peur que notre réapparition ne jette une ombre sur ta réputation, fit Blade d'une voix amusée.

Les yeux verts de la belle Tarkossi furent traversés par une rapide lueur de désir.

— La prochaine fois, je ferai en sorte que nous ne soyons pas dérangés, murmura-t-elle avec un demi-sourire. Puisque ma réputation est d'ores et déjà flétrie, je ne vois pas pourquoi je n'en profiterais pas...

Lorsqu'elle passa devant lui, Blade ne put s'empêcher de l'embrasser à nouveau. Mais quand ils resurgirent dans le campement, Darya était redevenue l'inflexible représentante du Conseil de Tarkos.

CHAPITRE V

Il leur fallut attendre le lendemain après-midi pour voir le bout de l'océan d'herbes rousses au sein duquel ils étaient immergés depuis si longtemps. La transition fut assez rapide : le sol se mit progressivement à monter, sans que la végétation suive, et les passagers des chariots se retrouvèrent bientôt au-dessus du niveau de la savane. Celle-ci s'étendait derrière eux jusqu'à l'infini et seuls quelques arbres parvenaient à en crever la surface de place en place. A plusieurs reprises, les chariots avaient d'ailleurs dû faire de brusques écarts pour éviter au dernier moment des troncs noueux qui surgissaient du rideau d'herbes géantes.

Au-delà des ultimes avancées de la savane, le terrain culminait en une crête de faible hauteur, sans qu'il soit possible de savoir ce qui se trouvait derrière. Darya fit stopper son chariot et ordonna à Onheim de venir se garer à côté de celui-ci. Blade ne mit pas longtemps à comprendre ce que la Tarkossi avait dans la tête.

— Laisse-moi aller voir ! dit-il en sautant à terre, pour se retrouver avec des herbes jusqu'à la poitrine.

Darya eut un petit sourire et lui fit signe qu'elle était d'accord. Sans profiter plus du bonheur de se retrouver à l'air libre, Blade fila jusqu'à la ligne rocheuse qui marquait localement le rebord de l'immense cuvette recouverte de savane. Jutton lui avait dit, un peu plus tôt, que leur ancienne carte indiquait la présence d'un grand fleuve avançant en lents méandres dans la plaine située au-delà de la savane.

— Un emplacement idéal pour un port fluvial, avait ajouté le Tarkossi en pointant son doigt sur un point noir indiquant la présence d'une grosse agglomération bâtie sur une rive du fleuve. Peut-être que cette cité est toujours là, malgré la décadence...

La remarque avait fait sourire Blade.

Maintenant, il avait la preuve que la décadence de Tarkos n'avait pas forcément touché le reste de l'univers... En effet, à une demi-douzaine de kilomètres devant lui, il pouvait distinguer la forme irrégulière d'une véritable ville étendue sur les deux rives du large fleuve qui serpentait au centre de la vallée séparée de la savane par la longue crête rocheuse. Les contreforts de celle-ci descendaient en pente douce jusqu'au fleuve et étaient couverts de champs cultivés. D'où il se trouvait, Blade pouvait parfaitement distinguer des dizaines de paysans en plein labeur sous le soleil écrasant. Mais, heureusement, aucun d'eux n'était assez proche pour pouvoir le voir parmi les rochers qui constellaient le repli de terrain marquant la frontière entre la civilisation et les terres sauvages.

Quelques minutes plus tard, Blade était de retour auprès de ses compagnons. Il leur expliqua rapidement ce qu'il venait de découvrir. Quand il eut terminé, Darya leva les yeux vers le soleil.

— Nous avons juste le temps d'arriver à cette ville avant la nuit. Allez !

Blade remonta à bord de son chariot et le convoi se remit en route. Parvenue juste derrière la crête, Darya décida de suivre celle-ci jusqu'à ce qu'ils finissent par découvrir un passage entre les rochers. Là, les deux gros véhicules virèrent lourdement de bord en ripant sur les plaques de roc et s'engagèrent dans la descente qui menait à la plaine, avec l'espoir de trouver rapidement un chemin carrossable.

***

L'auberge n'était sûrement pas ce qu'on faisait de mieux dans le genre, mais le patron, un gros homme jovial, aussi large que haut, avait l'avantage de ne pas poser de question, même si, de toute évidence, la bande d'étrangers bizarrement accoutrés qui venait de s'installer chez lui l'intriguait quelque peu...

Une fois les chariots et leurs attelages à l'abri dans l'étable apparemment bien gardée de l'établissement, les six voyageurs se retrouvèrent deux par deux dans trois chambres situées au sommet d'un escalier plutôt branlant. Entretemps, Blade avait pu se rendre compte que l'ancienne grandeur de Tarkos avait laissé au moins une trace tangible : le langage des habitants de Phoras — c'était le nom de la ville — différait très peu de celui de Darya et de ses compagnons, ce qui permettait à ces derniers de jouer à la perfection leur rôle de lointains cousins des Phorassiens venant découvrir les joies de la civilisation...

Darya referma la porte à double tour et s'approcha de Blade, qui était en train de ranger les deux sacs qu'il venait de monter sous la table. Celle-ci, les trois tabourets qui l'accompagnaient et les deux couches grossières posées à même le sol constituaient l'ensemble du mobilier de la chambre au plancher et aux murs douteux. Une espèce de pompe à main permettait, en outre, de remplir deux grosses bassines ressemblant à des moitiés de tonneau.

— Que va-t-on faire des pierres précieuses ? souffla la jeune femme à l'oreille de Blade.

Celui-ci vérifia la présence des grosses bourses pleines d'or avant de lui répondre, le plus bas possible :

— Je crois qu'il vaut mieux les laisser là où elles sont... C'est encore l'endroit le plus sûr ! J'irai vérifier de temps à autre, d'accord ?

La jeune femme acquiesça avec un soupir puis fit rapidement le tour de leur modeste appartement. Un gros insecte noir commit l'erreur de débouler d'un trou du mur devant elle et se retrouva instantanément écrasé.

— Cela doit te changer de ta demeure de Tarkos ? sourit Blade en la prenant par les épaules.

Darya se retourna pour lui répondre mais Blade lui passa une main sous la nuque et plaqua sa bouche contre ses lèvres. La langue agile de la Tarkossi vint à la rencontre de la sienne et se mit à fureter entre ses dents, goûtant au passage la saveur de sa bouche.

Blade l'enlaça de plus près, promena l'autre main sur son épaule et s'infiltra sous la veste poussiéreuse pour partir à l'exploration des seins. La peau de Darya était tiède, déjà moite. Ses mamelons se firent plus fermes sous la pression des doigts investigateurs qui s'amusaient à en dessiner les contours avec douceur.

Soudain, la jeune femme incrusta son corps contre le sien, pressant sa cuisse contre le renflement du haut-de-chausse que l'excitation avait fait naître chez Blade. A son tour, Darya partit à la recherche du corps de son amant et dégrafa la veste de celui-ci sans pour autant interrompre l'interminable baiser.

Blade s'écarta doucement. Il laissa glisser ses lèvres contre le cou de sa compagne tout en ouvrant le vêtement de toile. Puis, il donna quelques petits coups de langue sur chaque mamelon, qu'il suça avec ardeur. Darya s'était cambrée, le visage en arrière, les doigts accrochés aux cheveux courts de Blade qu'elle se mit à caresser. Blade descendit plus bas. Du corps de la Tarkossi émanait une odeur suave, indéfinissable, mélange de parfum naturel et de sueur. Il s'arrêta un instant au nombril, avant de se laisser tomber à genoux. Les mains de Blade partirent à l'exploration des fesses rebondies, à peine protégées par le tissu du haut-de-chausse.

Plaquant son visage contre le ventre immobile, il empoigna délicatement le vêtement, le tira vers le bas et obligea la jeune femme à s'en débarrasser. Ses mains épousant maintenant les deux globes de chair musclée, Blade promena ses doigts plus avant, écartant le sillon menant à l'intimité déjà humide de Darya.

Les soupirs de celle-ci se firent soudain plus pressants et elle ôta d'un coup sa veste, qui tomba avec un bruit mou sur le plancher. Puis, elle alla s'asseoir sur le rebord de la couche recouverte d'une couverture aux couleurs passées.

Blade se redressa. Il voulait contempler le corps excitant qui s'offrait à lui et le triangle noir que la jeune femme exposait sans pudeur. Bientôt, il n'y résista plus et se dévêtit à son tour à la hâte. Il se remit à genoux et embrassa les cuisses veloutées jusqu'à ce que sa langue atteigne le sexe caché sous le buisson noir.

Il commença à se délecter du parfum aigre et doux à la fois qui émanait des chairs tendres que sa langue s'était mise à explorer avec de plus en plus d'avidité. La tête de Darya partit en arrière tandis qu'un nouveau gémissement s'échappait de sa bouche entrouverte, une plainte rauque qui eut le don de doubler l'excitation de Blade. Les mains de la belle Tarkossi quittèrent alors les cheveux de son amant, remontèrent sur son propre corps, pour s'arrêter finalement sur ses seins qu'elle pétrit sans ménagement.

— Je t'en prie..., murmura-t-elle, continue... Continue !

Blade s'interrompit pourtant un instant. Il

souleva les cuisses de Darya, l'obligea à replier les jambes qu'il fit ensuite reposer sur ses épaules. Et là, il se mit à embrasser l'intérieur des fesses plus offertes que jamais, arrachant d'autres cris à la jeune femme en transe.

Celle-ci se libéra et parvint à saisir dans sa paume le sexe durci de Blade, qu'elle porta alors à sa bouche. Le contact des lèvres de Darya lui arracha un grognement. La Tarkossi promena une langue experte sur l'extrémité hypersensible du membre tendu, avant de l'avaler profondément, goulûment.

Puis elle ressortit le sexe de sa bouche et resta un instant à le contempler. Ensuite, ils changèrent de position et elle le guida en elle. Lorsqu'il sentit se refermer sur lui les chaudes parois d'une douceur incroyable, Blade crut exploser d'un coup. Il dut faire un effort surhumain pour résister au raz de marée qui venait de prendre naissance dans son ventre.

Leurs bouches se retrouvèrent à nouveau pendant que les mouvements de leurs bassins s'accentuaient jusqu'à atteindre un rythme effréné. Cette fois, Blade ne put se retenir et il s'enfonça dans le ventre offert à la seconde même où l'orgasme s'emparait de Darya.

CHAPITRE VI

Lorsque la nuit fut complètement tombée, Blade abandonna Darya et les autres Tarkossis pour aller faire un tour en ville. La jeune femme n'avait opposé aucune résistance quand il lui avait proposé de s'occuper seul de cette histoire de mercenaires, d'autant plus qu'il était encore trop tôt pour informer les quatre hommes de l'escorte du changement de plan : jusqu'à nouvel ordre, ils n'étaient là que pour se faire une idée du danger potentiel que pourrait constituer les gens du Dehors...

Blade sortit donc discrètement de la chambre, descendit avec précaution l'escalier branlant et passa la tête dans l'encadrement de la porte donnant sur la salle de l'auberge. Une odeur de graillons assez écœurante lui envahit les narines. La fumée était telle qu'il eut du mal à repérer le gros tenancier qui allait et venait parmi les tables, discutant une seconde avec un client, houspillant une serveuse trop molle et, quand il en avait le temps, avalant une gorgée du vin contenu dans le pichet qu'il avait à la main. A un moment donné, l'aubergiste détourna la tête dans sa direction et Blade put lui faire signe. Un sourire très professionnel éclaira la face rougeaude de l'homme, lequel manœuvra au milieu des consommateurs braillards, avec l'agilité d'un cuirassé pris dans un banc de récifs, pour venir le rejoindre.

— Ah, noble étranger, s'exclama-t-il avec un pétillement dans ses petits yeux de porc, j'espère que vous êtes bien installé et que la charmante dame apprécie sa chambre..., ajouta-t-il avec un clin d'œil qui fit se poser des questions à Blade au sujet de l'étanchéité des murs lépreux.

— Ça pourrait être mieux mais ça ira. J'espère que les cafards sont compris dans le prix...

Le gros aubergiste leva au ciel ses bras boudinés et faillit s'asperger de vin dans le mouvement.

— Ces ignobles créatures sont la plaie de toute la ville, noble seigneur ! On murmure même que le gouverneur de la province a désigné dix de ses esclaves pour qu'ils s'occupent jour et nuit à les traquer dans son palais et, l'autre jour, on m'a rapporté de source sûre que son médecin personnel, le grand Sigffa, lui

GERARD DE VILLIERS
Présente
L'AVENTURIER DES ETOILES
LES VENTS DE GATH
LON
E.C. TUBB

La Galaxie a été conquise par l'Homme, mais plus personne ne se souvient de la Terre. Sauf Earl Dumarest. Aventurier d'un lointain et fascinant futur, il va s'acharner, au péril de sa vie, à retrouver le berceau de l'Humanité. Et se mettre en travers de la route du Cyclan, l'intelligence inhumaine tapie derrière tous les pouvoirs des mondes colonisés.

Le soleil, les deux lunes et les étoiles se mêlaient dans la région inquiétante de la zone crépusculaire. Dumarest resta un long moment à étudier la scène. Gath était une bien étrange planète...
— C'est un monde fantôme, commenta Megan. Il y a un endroit, là-haut, près de ces montagnes, où les morts ressuscitent.
Dumarest le regarda. L'homme était sérieux.
L'Aventurier des Étoiles commença alors à regretter que sa croisade pour retrouver la Terre l'ait obligé à venir sur ce monde que tous les astronefs évitaient comme la peste.

ATELIER SACHA KLEINBERG / PHOTO M. FUNK / IMAGE BANK / LE QUATZARTS aurait démontré que ce sont les murs mêmes des maisons qui enfantent ces horreurs noires...

Blade se contenta de hocher la tête en espérant mentalement pour la santé du gouverneur que les diagnostics de ce Sigffa fussent meilleurs que ses connaissances en matière de sciences naturelles.

— Eh bien, dit-il alors au patron de l'établissement, comme tu as l'air d'être exceptionnellement renseigné sur tout ce qui se passe dans cette ville, tu dois être l'homme qu'il me faut !

L'aubergiste acquiesça avec un petit rire.

— C'est toujours ce qu'on me dit quand on a un problème urgent à résoudre : « Mon vieux Kwi, il n'y a que toi pour me tirer de là... » Mais je vous importune, noble étranger. Que désirez-vous de moi ?

Blade jeta un coup d'œil autour de lui pour voir si personne n'écoutait. Mais aucune oreille indiscrète, exceptées celles des cafards qui se coursaient dans le passage, n'était dans les parages.

— De quand date la dernière guerre locale ? souffla-t-il au gros homme au faciès flamboyant.

Kwi le regarda avec un air interdit.

— Si c'était juste ça que vous vouliez savoir, noble seigneur, vous auriez pu le demander au premier mendiant venu. Pas besoin de...

Blade l'arrêta.

— De ta réponse dépend la véritable question que je veux te poser. Alors ?

Kwi haussa les épaules.

— La campagne contre les fanatiques de Gharokk s'est terminée il y aura bientôt trois saisons et la ville est pleine de soldats désœuvrés qui sont en train de se transformer en coupeurs de bourses professionnels. Il faudrait une bonne petite guerre un peu lointaine pour nous débarrasser de cette racaille !

L'aubergiste fut surpris de découvrir la satisfaction qui se peignit alors sur le visage rasé de frais de Blade.

— Voilà qui augure bien..., murmura celui-ci. Maintenant, pourrais-tu me dire si cette... racaille a un chef ?

Kwi se racla la gorge, l'air soudain faussement gêné.

— Euh... c'est-à-dire que..., oui, bien sûr, mais, vois-tu, j'ai eu quelques dif...

Blade frappa contre la poche de sa veste et un cliquetis extrêmement sympathique à l'oreille du Phorassien s'éleva du petit sac de pièces d'or qui s'y trouvait.

— J'ai bien vu à quel point tes affaires ne marchaient pas, fit Blade sur le ton le plus sérieux du monde, tout en désignant du menton la salle bondée de clients, et je suis prêt à te donner un petit coup de main financier, bien entendu…

Le gros aubergiste lui fit une tentative de courbette.

— Je vois que le noble seigneur n'est pas aveugle aux misères des pauvres gens. Se pourrait-il qu'il pousse sa bienveillance naturelle jusqu'à me céder cinq de ces pauvres pièces d'or qui s'ennuient à mourir dans sa poche ?

— Trois, dit Blade.

Kwi se rendit compte que son client n'avait pas l'air d'être du genre à palabrer.

— D'accord pour trois…, soupira-t-il. Quand je pense à tout ce que…

— Le nom de cet homme ! Je n'ai pas de temps à perdre, l'ami, tu comprends ?

Le gros homme rougeaud se mordilla la lèvre inférieure.

— Il s'appelle Akhett et se fait surnommer le « général ». Vous le trouverez sur son ponton flottant. Vous n'aurez qu'à demander l'*Holocauste* en arrivant sur les quais. Tout le monde connaît cet antre du démon !

Blade tira de sa poche les trois pièces promises et les tendit à l'aubergiste. Voyant qu'elles n'étaient frappées d'aucune effigie, il les mordit pour vérifier si c'était bien de l'or.

Quand il releva la tête, Blade s'était déjà éclipsé en direction de la sortie.

*
**

Les rues de Phoras débordaient de monde, même après la tombée de la nuit. Un grand nombre d'animaux, plus ou moins domestiques, se mêlaient en piaillant et en grognant, à la foule compacte et colorée qui envahissait les chaussées pavées séparant les blocs de maisons en bois et en pierre. Comme tous les ports, qu'ils soient maritimes ou fluviaux, Phoras était éminemment cosmopolite : on y trouvait des gens de toute taille, de plusieurs couleurs, l'ensemble vêtu d'habits en général chamarrés et bien adaptés à un climat plutôt chaud.

Se servant de son sens inné de l'orientation, Blade finit par se retrouver près du quartier portuaire qui s'étendait le long d'une des boucles paresseuses du Mazer, le fleuve qui arrosait toute la province de Cori, dont Phoras était la capitale.

Blade emprunta une artère assez large, où des chariots remplis de marchandises bataillaient pour passer, qui le mena jusqu'à une des entrées de la zone des quais. Là, après avoir traversé un véritable labyrinthe de caisses et de marchandises diverses, il finit par découvrir les bateaux qui naviguaient sans cesse sur les eaux calmes et troubles du Mazer. C'étaient de longs sampans à la coque ventrue et aux voiles se déployant comme des éventails géants. De tels bateaux n'auraient pas fait long feu en mer, ce qui ne les empêchaient pas de se révéler parfaitement adaptés à la paisible navigation fluviale. Blade s'étonna sur le moment de l'absence de rames. Plus tard, il devait apprendre que le halage était le seul système pratiqué pour remonter le cours du Mazer.

Une odeur de sueur et de poisson flottait sur le port et une certaine agitation régnait le long des navires. La notion d'entrepôt semblait être inexistante ici : tout était laissé sur les quais, protégé, au mieux, par des bâches et par des gardes armés. Système qui ne devait pas se signaler par sa grande fiabilité...

Blade aborda un de ces gardes et lui demanda où se trouvait le ponton qu'il cherchait. La seule mention du nom de l'*Holocauste* parut faire naître des peurs presque ancestrales dans le regard peu éveillé de l'homme. Visiblement, le « général » Akhett devait être la terreur locale...

Blade n'allait pas tarder à s'apercevoir que cette réputation encombrante n'avait rien d'usurpé.

CHAPITRE VII

L'*Holocauste* du « général » Akhett devait faire une bonne centaine de mètres de long. C'était, de toute évidence, un navire de haute mer que le hasard avait fait s'échouer à Phoras.

Egaré parmi les formes basses des sampans indigènes, le ponton flottant avait un aspect vaguement menaçant, avec sa haute coque noire rongée par les intempéries et surmontée par un château central trapu. Trois tronçons de mât ajoutaient à l'impression désagréable qui s'en dégageait : même désarmé, le vieux bateau de guerre semblait encore vouloir menacer la ville qui l'avait accueilli...

La première chose que Blade avait remarquée en l'approchant était la zone de quai totalement dégagée qui s'étendait en face du bateau mutilé, une zone de sécurité gardée par une vingtaine d'hommes au crâne rasé et armés jusqu'aux dents d'épées barbelées, de haches et de masses d'armes. On était loin des gardes assoupis sur les caisses qu'ils étaient censés surveiller et il n'en fallut pas plus à Blade pour comprendre la frayeur qu'il avait déclenchée chez celui à qui il avait demandé sa route.

Deux des hommes d'Akhett l'avaient repéré et se portèrent à sa rencontre. Leur crâne complètement épilé, sourcils compris, luisait sous la lumière tamisée dispensée par une lune beaucoup plus grosse et beaucoup plus blanche que celle de la Terre. Les deux sbires étaient aussi grands que lui et presque plus musclés, à tel point qu'on avait l'impression que leur tunique de cuir renforcée de lames métalliques allait éclater au moindre mouvement inconsidéré. L'un d'eux avait dû avoir le nez écrasé d'un coup de massue car les restes d'une affreuse blessure lui dévoraient le milieu du visage.

Nez-Brisé arrêta Blade qui faisait mine de vouloir continuer lorsqu'ils se rencontrèrent.

— On t'a peut-être pas dit que c'était interdit de venir fouiner par là ? déclara-t-il d'une voix sifflante qui prouvait que le coup de massue n'avait pas fait que lui démolir les fosses nasales.

Blade repoussa lentement la main posée sur son épaule.

— Je sais parfaitement où je suis, déclara-t-il sur un ton calme et décidé. Je viens voir le général.

— Tiens donc ? s'esclaffa l'autre garde. Tu crois peut-être qu'il a du temps à perdre avec un avorton de ton espèce ?

Blade remarqua alors qu'il lui manquait le lobe de l'oreille droite. Décidément la guerre avait laissé des traces...

— Je n'ai pas l'intention de perdre mon temps avec toi, répondit-il à l'Oreille-Cassée. Et je te conseille de ne pas insister. J'ai déjà dit que je voulais voir votre chef, d'accord ?

L'Oreille-Cassée se tourna vers son compagnon avec un sourire à cinquante pour cent édenté et Blade sentit que les choses risquaient de mal tourner pour lui, d'autant plus que d'autres gardes commençaient à s'intéresser à ce qui se passait à quelques dizaines de mètres d'eux. Aussi, décida-t-il de préciser sa pensée sans attendre que la brute eût fini de sourire au clair de lune.

— Je viens proposer une affaire au général. Une affaire particulièrement juteuse qui lui changerait un peu les idées. Et, j'ai bien peur qu'il n'apprécie pas du tout votre excès de zèle à tous les deux s'il apprend par la suite ce qu'il a manqué...

L'Oreille-Cassée cessa enfin de sourire et rangea ses chicots à l'abri de la lumière. Quand il se retourna vers Blade, celui-ci vit avec soulagement que la lueur de meurtre avait momentanément quitté les prunelles du garde. Même Nez-Brisé essayait d'avoir une expression pensive.

— On devrait peut-être l'emmener à bord..., fit-il sans quitter Blade des yeux. J'ai pas envie de finir dans une des cages du général pour une imbécillité pareille.

Les cages d'Akhett ne devaient pas être très confortables car l'Oreille-Cassée se rangea très vite à l'avis de son compagnon. Au même moment, trois autres cerbères entourèrent le petit groupe. Ils étaient nettement moins abîmés que ceux qui avaient intercepté Blade mais pas plus sympathiques pour autant.

— Restez là, les gars, déclara Nez-Brisé aux autres. Je vais l'amener sur l'*Holocauste*. On verra bien ce qui lui arrivera, à ce pitre...

Deux minutes plus tard, Blade posait le pied sur le bas de l'échelle de coupée.

***

Sous la clarté laiteuse de la lune, le navire désarmé était d'un sinistre qui réussit à mettre Blade mal à l'aise. Le pont noir et les silhouettes immobiles des sentinelles postées jusque sur le château central en faisaient une version dématée et figée du *Hollandais Volant*. A croire qu'une écoutille allait brusquement s'ouvrir pour laisser passer une horde de morts-vivants en quête de chair humaine...

Le simple fait d'avoir posé le pied sur le pont semblait avoir calmé Nez-Brisé. La brute défigurée fit un signe de reconnaissance à deux des sentinelles au crâne rasé avant de pouvoir passer la coupée. Les deux gardes hochèrent la tête et remirent en place leurs sabres barbelés qu'ils avaient tirés à moitié en voyant apparaître Blade. Apparemment, les mesures de sécurité étaient plus que strictes à bord de l'*Holocauste*. Ce qui prouvait que le soi-disant « général » n'était sans doute pas le premier venu.

Parvenus au pied du château dépourvu de toute lumière, Blade et son gorille stoppèrent face à une porte assez large. Un jour important filtrait le long du chambranle, laissant passer une lumière orangée et les signes d'une agitation bruyante.

Nez-Brisé regarda une dernière fois Blade, comme s'il hésitait encore à déranger son maître puis tapa à trois reprises contre le bois. Quelques secondes plus tard, un autre crâne rasé montra le bout de l'oreille après avoir entrouvert la porte.

— Le général a une visite imprévue..., expliqua Nez-Brisé en crachant par terre.

L'autre eut un petit rire aigre que Blade ne trouva pas de très bon augure. Mais la porte s'ouvrit et une bouffée d'air chaud enveloppa les nouveaux arrivants.

L'escalier qui s'enfonçait dans les profondeurs du ponton était assez large pour permettre d'aborder les marches à deux de front. Nez-Brisé resta tout de même un peu en retrait de Blade pendant que l'autre sentinelle ouvrait la route dans un cliquetis provoqué par le frottement des trois couteaux et de l'épée, accrochés à son ceinturon, contre la cotte de mailles descendant jusqu'aux genoux.

Une autre sentinelle prit le relais au palier suivant. Tout en la suivant en direction de ce qui avait tout l'air d'être une fête animée — ou une orgie... —, Blade repensa au marché qu'il devait proposer à Akhett. Darya jouait gros mais elle estimait que c'était là le prix à payer pour que Tarkos cesse de décliner de plus en plus vite. Pourtant, Blade était certain que la jeune femme lui avait caché pas mal de choses, au sujet des trésors de la cité, des défenses de celle-ci et des Prêtres-Rois. De plus, elle lui avait assuré qu'elle possédait un moyen de rétorsion contre Akhett, au cas où ce dernier essayerait de les doubler, une fois l'affaire réglée. Encore fallait-il d'abord parvenir à convaincre le chef des mercenaires. Blade savait que s'il n'y parvenait pas, il aurait peu de chance de ressortir vivant du ponton flottant... Tout au plus, aurait-il le temps d'exterminer quelques-uns des soldats perdus puisqu'on lui avait laissé ses armes. Sans doute pour lui faire sentir à quel point on se sentait fort sur ce vaisseau sorti tout droit des hauts-fonds de l'Enfer.

L'escalier fit un dernier virage et la sentinelle jeta à Blade de l'attendre sans entrer, pour l'instant, dans l'énorme salle qui s'ouvrait derrière la porte, que l'homme en cotte de mailles franchit avec la souplesse d'une anguille. A tel point que Blade eut à peine le temps de jeter un coup d'œil à l'intérieur.

— T'excite pas, grommela Nez-Brisé de sa drôle de voix. T'entreras assez tôt là-dedans...

La brute ne se trompait pas car la porte se rouvrit quelques minutes plus tard et la sentinelle fit signe à Blade d'entrer.

Dès qu'il eut passé la porte, Blade se retrouva entre deux gardes taillés comme des armoires et qui le dépassaient d'une bonne tête. Mais il ne leur accorda qu'une fraction de seconde d'attention car le spectacle qui surgit devant lui accapara immédiatement toute son attention.

C'était non pas une salle, mais une véritable caverne, qui avait été découpée dans la coque de l'ancien voilier de guerre. Le pont principal servait de plafond et les deux suivants avaient été démontés sur une quarantaine de mètres, ouvrant ainsi un large espace jusqu'à fond de cale. Une avancée avait été laissée à l'une des extrémités du pont supérieur, avancée soutenue par deux grosses poutres verticales et sur laquelle était assis un homme vêtu de pourpre que Blade identifia immédiatement comme étant le fameux « général ».

Blade resta un instant à scruter la caverne de bois. Personne ne semblait s'être aperçu de son arrivée. Même les deux gardes qui l'encadraient continuaient à fixer l'air droit devant eux, immobiles comme des statues de chair, de cuir et de métal. Mais il ne fallait pas s'y tromper : au moindre geste suspect du nouveau venu, leurs grandes épées dentelées jailliraient à la vitesse de l'éclair pour s'abattre sur lui.

Les faces incurvées de la coque avaient été recouvertes de petits gradins sur lesquels s'entassaient quelque deux cents soldats à moitié ivres en train de suivre en hurlant le supplice d'un homme étendu, les membres en croix, sur le plancher du fond de la cale. L'arène était éclairée par des dizaines de torches répandant une fumée âcre dans l'atmosphère surchauffée. Blade se demanda par quel miracle le bateau n'avait pas déjà pris feu, et comment ses occupants n'étaient pas déjà morts par asphyxie...

Les trois bourreaux du condamné attendaient visiblement les ordres d'Akhett pour agir et restaient insensibles aux insultes et aux jurons qui pleuvaient de tous les côtés de la minuscule arène improvisée. Blade ne s'attarda pas trop à la contemplation de ce spectacle, qui promettait de ne pas être ragoûtant, et préféra surveiller la réaction du « général ».

En levant les yeux vers la forme vêtue de pourpre qui le dominait à une bonne trentaine de mètres de là, Blade découvrit la présence d'une demi-douzaine de cages suspendues par une courte chaîne aux poutres qui couraient sous le pont principal. Il distingua des formes humaines accroupies à l'intérieur, ce qui lui ramena soudain en mémoire la réflexion de Nez-Brisé à ce sujet.

Akhett leva alors la main dans sa direction. Blade fronça les sourcils et, avant même qu'il ait eu le temps de réagir, les deux gardes monstrueux qui l'encadraient s'emparèrent de lui et l'immobilisèrent. Leur poigne d'acier était si inébranlable qu'ils ne prirent pas la peine de lui enlever ses armes... Les deux sentinelles le poussèrent ensuite en avant, jusqu'à l'escalier qui descendait vers le fond de la cale. C'est à ce moment-là que certains soldats assis sur les gradins s'aperçurent de sa présence. Mais ils étaient tellement saouls et excités par le supplice en perspective, qu'ils ne lui accordèrent qu'une vague attention avant de retourner à leurs invectives contre l'homme nu qui avait été cloué au sol.

Blade ferma les yeux une seconde et se traita de dément pour avoir osé espérer se servir d'une telle bande de tueurs pour délivrer Tarkos de la mainmise des Prêtres-Rois et du Conseil de la Cité. C'était vraiment se servir du cheval aveugle pour se débarrasser du borgne... Et pourtant, Akhett et ses sbires ivres de sang constituaient apparemment la seule solution rapide au problème de Darya. La tête que ferait la jeune femme en voyant les « libérateurs » que Blade lui ramènerait — s'il réussissait à convaincre le « général » — vaudrait sûrement le détour...

Blade essaya de se dégager de la poigne des deux tueurs qui l'encadraient. Sans résultat : il avait autant de liberté de mouvement qu'une momie dans son sarcophage.

Akhett se leva. Blade put constater qu'il semblait très grand et très maigre. Il lui était impossible de distinguer le détail de ses vêtements, d'autant plus que le maître des lieux était vêtu de pourpre, des pieds à la tête. Akhett resta un bref instant à fixer l'antre infernal qui s'ouvrait sous ses pieds. Maintenant, ses hommes avaient cessé de hurler leurs insanités et s'étaient rassis dans un sourd brouhaha qui ne tarda pas à s'éteindre. Ce silence devait être de mauvais augure car la victime clouée aux planches de l'ancienne cale se mit à tressauter en poussant des couinements effrayés.

Le « général » lança un ordre bref que Blade ne saisit pas. Mais il eut tôt fait de déduire le sens des paroles en question quand il vit deux des bourreaux harnachés de cuir tirer des cordelettes de leur ceinturon. En un clin d'œil, les quatre membres du condamné furent garrotés. Pendant ce temps-là, le troisième bourreau alla chercher un brasero métallique dans lequel une espèce de hachoir était posé sur un lit de charbons ardents. L'arrivée de ces sinistres ustensiles déclencha une vraie crise d'hystérie chez l'homme cloué au bois.

Les bourreaux étaient bien trop habitués à ce genre de manifestation déplacée pour montrer quelque émotion. Sans même s'occuper des contorsions de leur future victime, ils dégainèrent de gros sabres courts à lame large. Ils s'approchèrent du condamné, se penchèrent sur lui, levèrent leurs armes et les abattirent d'un coup sur les jambes immobilisées. L'acier creusa un sillon juste au-dessus du genou, laissant échapper un flot de sang. Deux autres coups assenés avec la même vigueur finirent de sectionner les membres.

Le troisième bourreau empoigna alors le hachoir posé sur le brasero et, pendant que ses compagnons immobilisaient le corps tressautant en lui appuyant sur le ventre, il appliqua la lame chauffée à blanc sur les deux horribles blessures qui pissaient le sang. Un grésillement s'éleva, mêlé à de la fumée et à une odeur de chair grillée. Une bonne partie des spectateurs se levèrent en criant leur approbation.

Toujours imperturbables, les bourreaux s'attaquèrent de la même manière aux bras du supplicié, lesquels se retrouvèrent rapidement sectionnés au-dessus du coude. Cette fois, la cautérisation eut raison de la résistance de l'homme, qui resta inconscient sur le plancher souillé de flaques de sang gluant. Blade dut faire un effort sur lui-même pour garder son calme face à un tel acte de barbarie.

Akhett leva les deux bras au ciel, écartant dans le mouvement les pans de son large manteau pourpre. Son visage cadavérique lui donnait l'air d'un vampire transylvanien en croisière d'agrément sur un vaisseau-fantôme.

Presque tout de suite, une des cages descendit lentement du plafond, suivie par le cliquetis métallique de sa chaîne, et traversa l'atmosphère enfumée et âcre pour se poser à côté des restes du supplicié. La cage formait un cube d'un mètre de côté. Pendant qu'un des bourreaux déclouait les membres sectionnés, les deux autres ouvrirent une des faces du cube et enfournèrent le corps martyrisé de l'homme à l'intérieur. Une fois que le condamné fut calé en position assise, ils refermèrent la cage et s'éloignèrent de quelques pas. Sur un autre signe du « général », les chaînes grincèrent à nouveau, ramenant l'engin à sa position de départ. Un concert de cris, de hurlements et d'applaudissement imbéciles salua l'ascension du supplicié.

Akhett ne se rassit pas pour autant, mais désigna alors Blade du doigt. L'agitation disparut aussi vite qu'elle était revenue.

Les deux brutes qui encadraient Blade le poussèrent sans ménagement dans l'escalier menant au fond de l'arène improvisée. Blade dut faire attention pour ne pas glisser sur les flaques de sang déjà en train de sécher. Quelques invectives saluèrent son arrivée.

Un nouveau bruit de chaîne lui fit lever la tête. Sur l'instant, il crut voir descendre vers lui le fond d'une cage qu'il n'aurait pas remarquée auparavant. Son inquiétude fut suffisamment visible pour que des rires gras et avinés éclatent dans l'assistance. Puis il s'aperçut, avec un certain soulagement que l'engin qui venait sur lui n'était qu'une minuscule plate-forme ressemblant à une balançoire géante. Lorsqu'elle atterrit devant lui, un des gardes le poussa dessus en lui grognant de se tenir aux chaînes.

Blade n'eut que le temps d'acquiescer avant de sentir la plate-forme remonter. L'ascension le long des grosses poutres verticales qui soutenaient l'avancée de plancher sur laquelle se trouvait Akhett lui parut durer des siècles. Il jeta un regard circulaire autour de lui et n'aperçut que des faciès grimaçants à qui la cruauté et la débauche servaient de maquillage. Un rapide coup d'œil vers le bas lui apprit alors toute la précarité de sa position : les bourreaux revenaient au fond de la cale en traînant des plaques de bois dans lesquelles étaient plantés des barres de métal verticales à la pointe aiguisée. Inutile de dire ce qui l'attendait si la plate-forme basculait pour le laisser choir...

A cet instant, Blade parvint à destination et se retrouva, enfin, face à face avec le « général ».

CHAPITRE VIII

Jutton attendit qu'une dizaine de minutes se soient écoulées après le départ de Blade pour s'avancer à pas de loup hors de la chambre qu'il partageait avec Adkar. Il colla l'oreille à la porte de la pièce où dormait maintenant Darya puis, rassuré, traversa le palier pour s'engager à son tour dans l'escalier branlant.

Il arriva en bas des marches juste pour entendre la fin de la conversation entre le gros aubergiste et cet étranger qu'il soupçonnait déjà d'être au courant des plans réels de la conseillère. Ce qu'il entendit alors, au travers du brouhaha qui sortait de la salle commune, confirma ses opinions : Darya était venue ici pour fomenter un coup de force contre les autorités légales de Tarkos, et non pour, soi-disant, étudier la puissance des pays du Dehors... Nul besoin d'être sorcier pour savoir ce que Blade comptait proposer à ce chef mercenaire dont il n'avait pas compris le nom en raison d'une brusque élévation du bruit ambiant. Mais si ces traîtres voulaient lever une petite armée, ils devaient avoir certainement de quoi payer au moins une avance sur la solde des soldats...

Jutton se laissa aller contre le mur lépreux avec un soupir. Il détestait tout autant que Darya l'immobilisme de la société de Tarkos. Mais la perspective de voir sa cité envahie par des barbares aussi abjects que ceux qu'ils avaient rencontré depuis le début de leur voyage le remplit de dégoût. Ainsi, il ne s'était pas trompé quand il avait senti que la conseillère ne jouait pas franc-jeu !

Il réfléchit et en arriva rapidement à la conclusion qu'il devait convaincre les autres de la traîtrise de Darya. Et pour cela, il lui faudrait une preuve irréfutable de sa culpabilité, une preuve qui pourrait être l'argent caché par la jeune femme pour accomplir son forfait...

Une nouvelle volonté s'empara de lui. Il se redressa, jeta un regard scrutateur autour de lui et vit que personne ne le regardait. Il épousseta sa veste, prit un air dégagé et se dirigea vers la porte qui menait aux écuries de l'auberge, là où se trouvaient les deux chariots. Car il était évident que l'argent du crime devait se trouver dans un des véhicules, ou même dans les deux.

En refermant la porte grinçante derrière lui, Jutton se dit soudain que s'il parvenait à ramener Darya vivante à Tarkos pour qu'elle avoue sa trahison, les Prêtres-Rois et le Conseil de la Cité pourraient alors juger bon de le récompenser en donnant un titre de noblesse à sa famille. Un titre qui la délierait immédiatement de sa vassalité vis-à-vis de la famille de Darya.

Et, comme c'est souvent le cas chez les âmes simples, la perspective d'un bénéfice à court terme effaça en une seconde les grands idéaux qui avaient guidé son comportement jusque-là. Lorsqu'il pénétra dans l'étable, Jutton était passé, en quelques mètres, de l'idéalisme à l'arrivisme.

Quatre lanternes à huile, pendues au plafond, éclairaient l'étable avec parcimonie. Mais il était hors de question de mettre un système d'éclairage plus efficace, en raison des risques d'incendie.

Jutton repéra immédiatement la noire silhouette d'un des deux gardiens en train de patrouiller entre la douzaine de chariots de toutes tailles qui étaient garés là. Un peu plus loin, une vingtaine de bœufs et de chevaux avaient entamés leur nuit en face de leurs mangeoires.

Un rapide calcul démontra à Jutton qu'il avait intérêt à se faire reconnaître du gardien, d'autant plus qu'il était parfaitement à même de justifier sa présence en ce lieu. Alors que s'il était surpris à fouiller dans le chariot...

Le gardien, un homme que les ans commençaient à voûter mais qui ne semblait pas être un tendre, le reconnut après l'avoir tiré sous une des lanternes. Il cria alors à son collègue de ne pas s'inquiéter de la présence de l'étranger et donna une bonne claque dans le dos de Jutton quand le Tarkossi s'éloigna de lui.

Jutton s'approcha du premier chariot et se mit à l'ausculter, sans même prendre la peine de fouiller le chargement, certain qu'il était que Darya n'aurait jamais pris le risque de dissimuler d'une manière aussi hâtive et précaire une cargaison aussi compromettante. Donc, l'argent devait forcément se trouver dissimulé quelque part dans le véhicule en bois.

L'obscurité presque complète dans ce coin de l'étable ne lui facilita pas les choses et il mit bien plus de temps que Blade pour découvrir enfin les sacs fixés à l'intérieur des jantes. Le gardien qui l'avait laissé passer vint même lui faire un brin de causette, ce qui retarda d'autant la découverte du magot de la conseillère, tout en obligeant Jutton à trouver à toute vitesse une explication plausible à sa présence sous le chariot.

Dès qu'il eut vérifié toutes les roues, Jutton

empocha un des sacs et s'apprêta à quitter l'étable dont l'air immobile et lourd était traversé par les grognements des bêtes de trait en train de rêver. Il avait maintenant la preuve qu'il lui fallait pour convaincre les trois autres de la trahison de leur maîtresse. Après, on verrait...

Quand il réintégra l'intérieur de l'auberge, Jutton eut la bonne surprise de ne rencontrer personne. Il grimpa l'escalier quatre à quatre et entra dans la chambre où l'attendait Adkar.

Jutton referma soigneusement la porte derrière lui, ouvrit sa veste poussiéreuse et jeta le sac sur la couche de son compagnon qui l'avait regardé faire, l'air interdit.

— Ouvre-le ! souffla Jutton.

Le Tarkossi obéit sans comprendre mais, lorsque les pierres précieuses coulèrent dans sa main, son visage triangulaire afficha une stupéfaction sans borne.

— Mais...

— Sais-tu où j'ai trouvé ça ? murmura Jutton en venant s'asseoir près de lui.

Adkar secoua la tête et Jutton entreprit de lui raconter toute l'affaire, qui laissa le Tarkossi complètement abasourdi.

— Il faut prévenir les autres..., dit-il à voix basse.

Jutton l'en chargea sur-le-champ. Deux minutes plus tard, Onheim et Kamet se glissaient à leur tour dans la chambre. Jutton réédita ses explications.

— Tu as raison, il faut retourner au plus vite à Tarkos, déclara tout bas Onheim. Avec Darya et, surtout, avant le retour de l'étranger. Qu'en penses-tu ?

Jutton constata intérieurement, et avec une certaine jubilation, que Onheim et Adkar semblaient déjà le considérer comme le nouveau chef de l'expédition. Seul Kamet n'avait pas encore parlé.

— Pourquoi ce silence ? lui demanda-t-il.

Le visage buriné du Tarkossi s'éclaira d'un demi-sourire.

— Je réfléchissais, voilà tout... Si je comprends bien, il va falloir s'assurer de la personne de la conseillère ?

Jutton acquiesça.

— Le plus tôt sera le mieux. Et dès que c'est fait, nous filons.

— Tu n'as pas peur que les gens de l'auberge soient étonnés par ce départ pour le moins précipité ?

Jutton balaya l'argument de la main.

— Nous avons payé d'avance et, de toute façon, rien ne nous interdit de sortir en pleine nuit avec un de nos chariots... pour aller à un rendez-vous lointain et matinal, par exemple...

— Alors, ne perdons pas de temps ! fit

Adkar. La conseillère n'a jamais eu le sommeil lourd et il ne faudrait pas qu'elle nous entende !

Un instant plus tard, les quatre hommes se glissaient sur le palier, les armes à la main. Il y avait beaucoup de bruit en bas et personne ne vint les déranger.

Une fois devant la porte de la chambre où dormait Darya, Jutton fit signe aux autres de s'écarter, attendit une vague sonore en provenance de la salle qui soit plus consistante que les autres et fit éclater la serrure d'un coup de talon bien placé.

Puis, suivi par ses complices, il se rua comme un fou à l'intérieur de la pièce enténébrée. La jeune femme se redressa d'un bond, réveillée par le bruit, et comprit immédiatement ce qui se passait. D'un coup de reins, elle jaillit de la couche, sans se préoccuper de sa nudité. Mais elle ne fut pas assez rapide pour s'emparer de son épée : Jutton lui sauta dessus et la repoussa vers le lit défait. Darya se débattit avec la vigueur d'une tigresse, sans pouvoir repousser l'assaut mené par les quatre hommes. Bientôt, elle se retrouva immobilisée, les bras et les jambes écartés.

Se rendant compte qu'elle allait crier à l'aide, Jutton l'assomma d'une manchette bien placée.

— Habillez-la en vitesse..., ordonna-t-il alors à ses compagnons. Il ne faut pas nous attarder ici !

Sur ces mots, il alla fermer la porte en remettant la serrure en place du mieux qu'il pouvait : il ne fallait pas qu'on s'aperçoive de quoi que ce soit de l'extérieur.

Quand il revint auprès du lit, les trois autres Tarkossis avaient passé, tant bien que mal, ses vêtements à la jeune femme inerte. Et, visiblement, le superbe corps nu les avait mis dans tous leurs états.

Jutton réfléchit rapidement à la suite de l'action.

— Il vaut mieux que deux d'entre nous aillent s'occuper des gardiens de l'étable, dit-il. Onheim va venir avec moi. Quant à vous deux, vous restez ici à surveiller cette femelle démoniaque !

—

Lorsqu'il vit revenir l'étranger, Rimm, le gardien, commença à se poser des questions. Mais il commit l'imprudence de s'approcher trop près de Jutton et se retrouva pour un bon moment dans le coma. Le second gardien n'opposa guère plus de résistance.

Les deux Tarkossis filèrent jusqu'à leurs chariots. Pendant qu'Onheim allait chercher deux bœufs, en essayant de ne pas se faire embrocher dans le noir par leurs cornes démesurées, Jutton se glissa sous les deux véhicules pour retirer les sacs de pierres précieuses de leurs cachettes. Puis il les dissimula dans les caisses du chariot qu'il avait choisi pour fuir.

— Ouvre la porte dès que tu auras fini d'atteler les bêtes, souffla-t-il à Onheim. Je vais chercher les autres !

Sur ce, Jutton sauta à terre. Il courut jusqu'à la porte donnant sur l'intérieur de l'auberge après avoir, au passage, vérifié que les deux gardiens étaient toujours hors d'état de nuire.

Kamet l'attendait en haut de l'escalier. Un serveur passa non loin d'eux mais sans s'occuper de ce qu'ils faisaient. Jutton fit signe à Kamet que la voie était libre. Le Tarkossi râblé hocha la tête avant d'aller aider Adkar à descendre le corps inconscient de Darya.

Lorsque le petit groupe réintégra furtivement l'étable, Onheim venait d'entrouvrir la porte de celle-ci. Juste assez pour que les bruits de l'agitation nocturne de la rue se faufilent à l'intérieur.

— Vas-y, ouvre en grand ! s'exclama Jutton à l'adresse de Onheim.

Un instant plus tard, Darya se retrouva pieds et poings liés sous la bâche couvrant le chargement du chariot. Jutton fouetta les bœufs et le véhicule s'apprêta à sortir dans la rue.

— Il faut que nous soyons dans la savane avant que l'étranger nous ait rattrapé ! jeta Onheim en sautant à bord au moment où le chariot commença à se faufiler dans l'agitation nocturne de Phoras.

CHAPITRE IX

Akhett fixa Blade de ses yeux apparemment dépourvus d'iris et brillants comme des diamants. Le corps de Blade se tendit instinctivement face à cet homme au visage de mort et aux yeux scintillants, profondément enfoncés dans les cavernes des orbites. Le visage du « général » paraissait totalement dépourvu de chair, tant la peau était tendue sur les os du crâne. Le col de son manteau remontait en pointe contre ses joues creuses et un cercle d'or lui enserrait le haut de la tête. Dans un bal masqué, Akhett aurait pu passer pour un méchant de la planète Mongo mais Blade ne savait que trop bien qu'il n'était pas à la fête et que le moindre faux pas — à tous les sens du termes... — lui coûterait la vie.

Le « général » vêtu de pourpre, à l'exception de son ceinturon et de ses bottes basses, qui étaient d'un noir brillant, continua à dévisager Blade avec une insistance désagréable. Puis il repoussa les pans de son manteau en arrière.

— On m'a dit que tu avais quelque chose à me proposer..., déclara-t-il soudain d'une voix ferme qui contrastait avec l'aspect cadavérique de son corps. J'espère que tu ne m'as pas dérangé pour rien car je n'ai jamais été réputé pour ma patience..., ajouta-t-il en montrant d'un geste distrait le fond de l'arène hérissé de pointes verticales.

Les mains de Blade se serrèrent instinctivement autour des chaînes qui le soutenaient. Il détourna la tête une seconde et son regard rencontra par hasard une des cages qui pendaient non loin de là. Une forme nue et gémissante était prostrée à l'intérieur. Les membres coupés, elle aussi...

— Tu as pu voir ce qui arrive à ceux qui commettent l'imprudence de me déplaire, reprit Akhett avec un sourire à la Nosferatu. Maintenant, tu as une minute pour me parler de ton projet.

— Peut-être vaudrait-il mieux que nous en discutions dans un endroit un peu plus discret ? fit Blade sur un ton ferme.

Akhett secoua la tête.

— Mes hommes ont pris l'habitude de savoir être sourds quand il le faut. Je te préviens que tu viens sérieusement d'entamer le temps qui t'était accordé...

Blade acquiesça et commença à expliquer ce que voulait faire Darya. Dès les premières phrases, il vit que le chef des soldats perdus était accroché. Akhett avait cessé de jouer le rôle qu'il s'était imposé et écoutait le récit de son hôte avec une attention si soutenue que la brillance surnaturelle de son regard parut s'accroître démesurément, acquérant au passage un pouvoir quasi hypnotique auquel Blade eut du mal à résister. Néanmoins, il ferma son esprit à l'influence pernicieuse et continua son histoire.

Lorsqu'il eut enfin terminé, un silence tendu s'installa entre eux. Même les soudards vautrés sur les gradins évitaient dorénavant de faire du bruit.

— Ainsi, celle qui t'envoie me promet toutes les richesses que mes hommes pourront emporter, une fois la bataille gagnée ? murmura Akhett en se caressant le menton d'un geste distrait. Elle n'a pas peur que nous revenions chercher le reste ?

Blade lui-même avait déjà posé cette question à la Tarkossi, sans avoir pu lui soutirer une réponse convaincante. De toute évidence, la jeune femme avait un atout qu'elle ne désirait pas dévoiler trop tôt.

— Je ne suis qu'un intermédiaire chargé de

conclure l'affaire, dit-il au « général », et je n'ai pas la réponse à toutes les questions. La seule chose que je sais, c'est que, au cas où tu accepterais, je devrais être le commandant des hommes que tu me fourniras. Ma maîtresse viendra avec nous mais, jusqu'à ce que nous ayons forcé les défenses de Tarkos, c'est moi qui serai le chef.

Akhett hocha lentement la tête, puis fit signe à un des hommes qui attendaient derrière lui de s'approcher.

Le « général » glissa quelques mots à l'oreille du vieillard qui venait d'apparaître. L'autre resta un moment à réfléchir avant de répondre à voix basse à son maître.

— Il semble que la cité dont tu me parles ne soit qu'une légende, étranger... Personne n'a rapporté l'avoir vue et ce, depuis des siècles...

— Peut-être ces voyageurs n'ont-ils pas cherché dans la bonne direction ? suggéra Blade. Pour ma part, je suis convaincu de son existence. Sinon, que ferais-je ici à risquer ma vie ?

L'argument parut toucher Akhett, qui renvoya le vieillard qu'il avait interrogé.

— Et comment comptes-tu te rendre là-bas ? demanda-t-il à Blade au bout d'un instant.

Celui-ci sut alors que le chef des mercenaires était ferré.

— Par la mer. Darya et moi avons étudié une

ancienne carte amenée par elle et c'est la route la plus rapide pour rejoindre la région de Tarkos.

— Une carte ? fit Akhett avec un autre de ses sourires malsains.

Blade lut à livre ouvert dans son esprit retors.

— Il est inutile d'essayer de s'en emparer durant le voyage, déclara-t-il à l'homme vêtu de pourpre. J'ai cru comprendre qu'il n'existait qu'un passage secret pour traverser la chaîne de montagnes qui protège Tarkos et que, seule, ma maîtresse en connaissait l'emplacement. Ce serait donc un mauvais calcul que de vouloir lui jouer un tour durant la traversée...

Les narines du visage squelettique frémirent imperceptiblement. Blade se demanda une seconde s'il n'était pas allé trop loin mais Akhett parut enfin se détendre.

— Je n'ai pas l'habitude de me voir dicter ma conduite, fit le « général » sur un ton sec. Les derniers qui ont essayé nous regardent en ce moment du fond de leurs gentilles petites cages à oiseaux...

— S'ils en sont là, c'est qu'ils n'avaient pas pris la précaution de te proposer avant une bonne affaire..., sourit Blade tout en songeant qu'il prendrait un plaisir immense à étrangler cette ignoble crapule de ses propres mains. On m'a dit que toi et tes hommes, vous vous ennuyiez ferme depuis la fin de la dernière campagne. Je t'offre donc le moyen de te changer les idées et d'amasser la plus grande fortune que tu aies jamais eu à ta portée... Tiens !

Et, d'un geste rapide comme l'éclair, il tira de sa veste une bourse contenant des pierres précieuses provenant d'un des sacs dissimulés dans les jantes des chariots. Le « général » ne fit aucun geste pour éviter le projectile : sa main droite se détendit avec une rapidité infernale et ses doigts griffus se refermèrent instantanément sur la bourse. Quand il l'eut ouverte, il resta un court instant à fixer les pierres étalées au creux de sa main.

— Il y en a dix fois comme ça pour toi lorsque les cent hommes dont j'ai besoin monteront sur le bateau, dit Blade. Alors ?

Les yeux brillants d'Akhett se promenèrent tout autour de l'antre où il officiait. Puis ils revinrent se poser sur Blade.

— J'accepte ton offre, étranger. Je te contacterai demain matin au sujet du bateau.

— Je suis à l'auberge tenue par un dénommé Kwi...

Le visage cadavérique resta de marbre.

— Je vois... Tu as ma parole, étranger.

Blade était en train de se demander ce que pouvait bien valoir la parole d'un Akhett lorsque la plate-forme commença à redescendre vers le fond de la cale. Par mesure de précaution, Blade jeta un coup d'œil vers le bas et s'aperçut, avec soulagement, que les bourreaux étaient en train de retirer les plaques hérissées de pointes qu'ils avaient amenées un peu plus tôt.

*
**

Au moment de ressortir du port, Blade calcula qu'il n'avait pas passé plus d'une heure à l'intérieur de l'*Holocauste*. Quand il avait quitté le sinistre ponton flottant, il avait retrouvé les visages accueillants de l'Oreille-Cassée et de Nez-Brisé. Les deux brutes avaient visiblement été étonnées de le voir ressortir vivant de la petite fête donnée par leur chef. Blade sentit qu'il avait fait grosse impression sur eux et leur fit un petit signe au passage, juste avant de retrouver l'univers rassurant des tas de marchandises surveillées par des gardiens passant le plus clair de leur temps à dormir les yeux ouverts.

Une fois dans le dédale des rues de Phoras, Blade ne tarda pas à retrouver le chemin de l'auberge grâce à son sens très développé de l'orientation.

Malgré l'heure avancée, l'auberge était bondée. Dès que Blade y pénétra, il sentit qu'il s'était passé quelque chose. Il se faufila au travers de la cohue qui embouteillait les couloirs de l'établissement. Il finit par arriver au pied de l'escalier montant jusqu'à leurs chambres et là, il n'eut besoin que d'un regard pour saisir ce qui s'était passé : des domestiques entraient et sortaient des pièces en bavardant comme des pies, preuve qu'il était arrivé une mésaventure à leurs occupants.

Tout à coup, une main se posa sur son épaule. Blade se retourna d'un seul coup, malgré la bousculade, et se retrouva nez à nez avec la face lunaire et rougeâtre de Kwi.

— Bon sang ! s'exclama-t-il. Qu'est-ce que ça veut dire ? Où sont mes compagnons ?

Une expression de gêne s'afficha sur le visage du gros aubergiste.

— Voilà une question qui intéressera sans doute la milice, que je viens de faire appeler...

— La milice ? s'exclama Blade. Mais enfin...

L'aubergiste lui fit signe de baisser la voix.

— Inutile de faire voir que tu les connaissais, étranger. Ils sont partis précipitamment il y a une heure à peine.

Blade fronça les sourcils.

— Partis ? Comment le sais-tu ? fit-il avec un mauvais pressentiment.

— Ils ont assommé les deux gardiens et fui avec un de vos deux chariots. Un des gardiens est à moitié mort et c'est pour ça que j'ai dû appeler la milice, malgré la répugnance que m'inspirait une telle décision...

Blade serra les poings. Deux hommes passèrent près de lui et le bousculèrent.

— Et la jeune femme, elle est partie avec eux ?

L'aubergiste haussa les épaules.

— Sans aucun doute. Mais sûrement pas de sa propre volonté...

— Que veux-tu dire par là ? Parle ! s'énerva Blade.

La force et la taille imposante de son client incitèrent Kwi à obéir.

— La serrure de sa porte a été fracturée et sa chambre montre un grand désordre, ce qui n'est pas le cas de celles de ses quatre compagnons.

Tout s'éclaira en une seconde dans l'esprit de Blade. Aucun doute possible, les Tarkossis avaient dû apprendre ce que préparait Darya et avaient décidé de l'enlever !

Mais Blade avait besoin d'une dernière preuve. Une preuve qu'il savait parfaitement où trouver.

Sans plus attendre, il abandonna l'aubergiste ventru parmi les badauds qui embouteillaient les couloirs crasseux de l'établissement pour se diriger vers la porte menant à l'étable. Là, un garde essaya de l'empêcher d'aller plus loin.

Blade le repoussa d'une bourrade et fila en courant vers le second chariot de leur convoi. Avant que le garde ait eu le temps de le rejoindre en poussant des jurons et en appelant à l'aide, Blade s'était glissé sous le véhicule. De la main, il explora l'intérieur des jantes et n'eut aucun mal à découvrir que les sacs contenant les pierres précieuses s'étaient volatilisés.

Il ressortit à l'air libre. Juste pour retomber sur le garde. Cette fois, une gifle monumentale de Blade coupa court aux jérémiades de l'homme. Kwi apparut soudain dans l'encadrement de la porte et demanda à haute voix ce qui se passait.

Blade lui rétorqua qu'il partait à la poursuite des fugitifs. Une seconde plus tard, il avisa un cheval attaché à sa mangeoire par ses rênes. Blade n'hésita pas. Il détacha l'animal et sauta sur son dos. Il n'avait pas le temps de chercher la selle…

Au même instant, un groupe d'hommes vêtus de noir ouvrit la porte de l'étable. Blade piqua des deux et fonça dans leur direction en leur criant de s'écarter. Surpris, les miliciens obéirent instinctivement et virent passer entre eux un grand cavalier qui vira d'un coup sec dans la rue pour disparaître dans la cohue.

Blade savait parfaitement quelle direction prendre : les fugitifs avaient, au plus, une bonne heure d'avance sur lui et, avec un peu de chance, il les rattraperait avant qu'ils n'atteignent la mer d'herbes de la savane. Dans le cas contraire, tout le plan de Darya s'effondrerait et la peau de la jeune femme ne vaudrait sans doute plus grand-chose lorsque ses kidnappeurs l'auraient ramenée à Tarkos.

CHAPITRE X

La traversée de la ville prit pas mal de temps à Blade. Mais il ne s'inquiéta pas outre mesure car les fugitifs avaient dû être, eux aussi, largement retardés par la populace qui envahissait encore les rues.

Finalement, il passa enfin les portes gardées par des sentinelles ensommeillées et s'élança dans la nuit sur la route qui menait aux abords de la crête rocheuse derrière laquelle s'étendait la savane. La grosse lune blanche éclairait le paysage d'une lumière spectrale, nimbant les champs déserts et les masures des paysans d'une aura vaguement surnaturelle.

Tout en chevauchant sur la route mal entretenue, Blade essayait de discerner au loin la présence du chariot qu'il poursuivait. Le clair de lune, aussi important qu'il fût, réduisait énormément la portée du regard. Blade continua donc à chevaucher à toute vitesse, en priant le ciel pour que son cheval ne fasse pas un faux pas dans un des nombreux nids-de-poule qui constellaient la chaussée.

Les contreforts en pente douce de la crête s'étaient déjà bien rapprochés lorsqu'il distingua enfin la forme noire et lointaine du chariot. Il frappa des talons les flancs du cheval, qui montrait quelques signes d'essoufflement, et calcula qu'il rejoindrait les fugitifs juste avant que ces derniers attaquent la partie où ils seraient obligés de quitter la route pour couper à travers la dernière ligne de champs qui les sépareraient alors de la crête.

Kamet était assis à l'arrière du véhicule, non loin de l'endroit où reposait, sous la bâche, le corps immobilisé de Darya. Ce qui explique qu'il fut le premier à apercevoir le point sombre qui se mouvait loin derrière eux. Pendant un bref moment, il pensa que ce devait être un voyageur quelconque qui suivait le même chemin qu'eux. Mais le doute s'installa vite dans l'esprit du Tarkossi quand il se rendit compte que le cavalier ne cessait de se rapprocher d'eux. Il se retourna et appela Jutton qui tenait les rênes de l'attelage.

— On nous suit !

Jutton fit claquer son fouet sur le dos des

bœufs qui donnaient pourtant tout ce qu'ils avaient dans les tripes.

— C'est sûrement ce démon d'étranger ! jeta Jutton. Tirez vos armes !

Au même instant, l'attelage sortit de la chaussée pour aborder un gros sentier caillouteux qui servait de limite entre deux rangées de champs. La crête était à moins de cinq cents mètres d'eux mais Jutton sut qu'ils ne l'atteindraient pas avant que Blade les rejoigne.

Sans se préoccuper des signes de faiblesse montrés par sa monture, Blade se ruait à la poursuite des fugitifs. La distance qui les séparait continua de s'amenuiser rapidement et lorsque le cheval quitta la route à son tour, les Tarkossis n'étaient plus qu'à deux cents mètres devant.

Blade distingua alors les silhouettes qui s'agitaient sur le véhicule en bois. Il comprit que les autres s'apprêtaient au combat. Les Tarkossis étaient plutôt adroits et avaient l'avantage du nombre, mais ils seraient fatalement handicapés par l'exiguïté du chariot.

Blade attendit d'être à quelques dizaines de mètres des fugitifs pour tirer la petite hache fixée à son baudrier. Un des Tarkossis lui lança un cri de défi et il reconnut la voix de Kamet.

Cela lui fit soudain toucher du doigt la stupidité de cette affaire : ces quatre hommes auraient fait de bons alliés face aux mercenaires sanguinaires que la situation le contraignait à engager et voilà qu'il allait devoir s'attaquer à eux...

L'urgence du moment l'obligea à balayer cette pensée de son esprit. Après tout, les Tarkossis avaient pris le risque de trahir leur maîtresse et il serait toujours temps de trier le bon grain de l'ivraie une fois que tout serait terminé.

Blade rattrapa enfin le chariot, tiré à une allure assez stupéfiante pour un attelage de bœufs. Kamet se redressa et fit un moulinet rageur avec son épée. Blade entendit à peine les jurons du Tarkossi car il venait de forcer son cheval à doubler le véhicule cahotant sur le petit chemin à peine entretenu.

Jutton comprit immédiatement ses intentions et commença à faire zigzaguer son attelage. Le chariot fit une embardée qui le projeta contre le cheval. Le bois heurta la jambe de Blade. Celui-ci serra les dents pour repousser la douleur qui monta de son genou droit, leva sa hache et l'expédia avec une force terrible en direction du conducteur. La lame siffla dans la nuit pour aller se ficher dans l'épaule de Jutton. Le Tarkossi hurla et plongea involontairement en avant. Un chaos le fit basculer complètement. Il tomba sur le timon séparant les deux bœufs, rebondit sur la pièce de bois et disparut d'un coup entre les pattes des animaux. Ses cris cessèrent sur-le-champ et son corps martyrisé resta étendu sur le sol après avoir été écrasé par la roue arrière gauche du chariot.

Sur le moment, Blade crut que le véhicule allait stopper. Mais Onheim réagit à une vitesse foudroyante. Il se pencha et reprit les rênes avant même que Jutton ait touché terre. Les bœufs étaient tellement effrayés par cette brusque agitation qu'ils continuèrent à tirer sans se préoccuper de la chute du premier conducteur. Onheim détourna la tête une fraction de seconde. Il aperçut Blade qui se trouvait maintenant à sa hauteur en lui criant de s'arrêter. Le Tarkossi répliqua par un juron et par une nouvelle embardée du lourd véhicule.

Cette fois, Blade faillit bien être désarçonné car son cheval sortit de sa ligne de course et se précipita contre un taillis qui bordait le chemin. Blade se cramponna de son mieux — il regretta à cet instant précis l'absence de selle — et réussit de justesse à éviter la chute. Lorsque le cheval ressortit de l'obstacle, le chariot avait repris un peu d'avance. Mais la déclivité ne tarda pas à l'obliger à réduire sa vitesse.

Blade choisit alors de le doubler en passant à travers champs pour éviter une nouvelle mésaventure de ce genre. Il finit donc par doubler le chariot puis revint rapidement sur le chemin pour lui couper la route.

Tirant un coup sec sur les rênes, il voulut faire virer sur elle-même sa monture écumante. Le cheval essaya d'obéir, sans savoir que la fatigue allait avoir brutalement raison de lui : il avait à peine entamé son demi-tour que ses pattes avant le lâchèrent et il tomba à genoux. Cette fois, Blade fut surpris. Il tenta de se rattraper sans succès et fut projeté sur le sol caillouteux.

Ses réflexes aiguisés jouèrent instantanément, transformant une chute grave en simple accident de parcours. Il roula sur lui-même et se releva d'un bond pour affronter le chariot qui arrivait sur lui.

Onheim eut un ricanement en le voyant tomber. D'un regard rapide, il calcula qu'il avait la possibilité de passer sur la droite du cheval fourbu, en ayant des chances de ne pas faire verser le chariot dans le champ. Le fouet claqua à nouveau au-dessus des bœufs.

— Cette fois, nous avons gagné ! jeta-t-il à ses compagnons derrière lui.

Blade avait fait le même calcul. Il comprit que s'il ne tentait pas le tout pour le tout pour empêcher les Tarkossis de dépasser la crête maintenant toute proche pour se fondre dans la savane, Darya était perdue.

Il remit donc en place le sabre qu'il venait de tirer et se mit à courir le long du chemin, comme s'il fuyait le chariot. Celui-ci arriva rapidement à hauteur du cheval, qui essayait désespérément de se relever, et Onheim réussit de justesse à doubler l'obstacle, tout en se demandant pourquoi ce damné étranger s'enfuyait devant eux.

L'attelage rattrapa Blade au bout de quelques instants. Celui-ci serra les dents en sentant le souffle des bœufs dans son dos. Il attendit encore une poignée de secondes puis se retourna d'un bond, tout en sautant en l'air.

Sa main droite réussit à empoigner la corne de l'animal le plus proche et, d'un effort surhumain, Blade se servit de cette prise pour se tirer vers le haut, échappant de justesse aux sabots meurtriers. Il faillit glisser mais parvint à se rétablir et à se retrouver à cheval sur l'encolure de l'animal. Pour échapper aux abominables secousses qui menaçaient de le faire choir à chaque seconde, il s'accrocha tant bien que mal aux longues cornes.

Sous la stupéfaction, Onheim mit du temps à réagir. Son fouet s'abattit sur le dos de Blade juste au moment où celui-ci posait son pied gauche sur l'avant du timon pour faire un rapide numéro de voltige à la cosaque qui l'amena sur la pièce de bois, cette fois, face au chariot. Le coup de fouet l'atteignit à l'instant le plus critique, mais des années d'entraînement lui évitèrent une chute fatale.

Le fouet du Tarkossi vola une nouvelle fois à sa rencontre. Malgré les risques insensés qu'il courait en lâchant la prise de ses mains sur les dos luisant de sueur des bœufs, Blade se redressa et saisit la lanière de cuir juste avant qu'elle ne s'enroule autour de sa gorge. C'est alors que son pied glissa sur le timon et qu'il partit en arrière, tenant toujours le bout du fouet.

Cette brusque traction surprit Onheim. Le Tarkossi ne lâcha pas assez vite le fouet et partit en avant pour plonger avec un long cri de terreur entre les arrière-trains des bœufs.

De son côté, Blade réussit par miracle à ne pas subir le même sort. Le fouet lui échappa quand il finit par se retrouver à genoux sur le timon. La disparition du conducteur et la déclivité de plus en plus grande du chemin n'empêchaient pas les bœufs de continuer leur course incroyable pour des animaux d'une telle corpulence. Les vibrations du timon mirent les rotules de Blade au supplice et le poussèrent à se remettre encore plus vite debout.

Entre-temps, Adkar avait sauté sur le siège du

conducteur. Pour s'apercevoir que les rênes n'y étaient plus et qu'ils traînaient maintenant entre les deux animaux emballés. Après avoir cherché vainement à les reprendre, il s'aperçut que Blade avait progressé sur le timon. Ce fut probablement la dernière chose qu'il vit du monde des vivants car Blade sauta en avant, le percuta d'un formidable coup de poing, et l'expédia hors du véhicule. Adkar tomba la tête la première sur la pierraille du chemin et sa cervelle se répandit sur le sol après que son crâne eut éclaté comme une calebasse.

Blade se rattrapa de justesse au siège du conducteur, se rétablit et sauta enfin dans le chariot. Pour se retrouver face à Kamet qui l'attendait en se tenant d'une main au bois du véhicule. Le Tarkossi le fixait droit dans les yeux, l'épée dégainée.

Blade tira son poignard commando et enjamba le siège.

Au même instant, quelque chose dut effrayer les bœufs, qui firent une brusque embardée. Le chariot partit d'un coup vers la droite, glissa sur le talus et commença à verser.

Blade réalisa le danger en une seconde. Les roues du véhicule avaient à peine quitté le sol qu'il se ravisa et grimpa sur le siège. L'instant d'après, il plongea vers le chemin et roula dans les cailloux et la poussière. Une vague de douleur le terrassa brièvement, sans pour autant l'empêcher de se relever presque tout de suite.

Il vit alors les roues gauche du chariot décoller à plusieurs mètres de hauteur et décrire en l'air un arc de cercle. Le timon se brisa net, libérant les bœufs, pendant que le véhicule se retournait complètement pour s'écraser dans le champ, bloquant Darya sous lui. Kamet fut propulsé en l'air et alla atterrir avec un bruit mou un peu plus loin.

Blade se releva avec l'impression d'avoir reçu des dizaines de coups de massue sur le corps. Il n'accorda qu'un bref regard aux bœufs qui étaient déjà loin et courut vers le chariot dont une roue tournait encore.

Sous le choc, la caisse du véhicule s'était un peu disloquée, mais pas assez pour qu'il puisse tirer Darya du piège qui venait de se refermer sur elle. Car Blade était sûr que la jeune femme se trouvait sous la bâche au moment de l'accident.

Une partie du chargement ayant été éjectée lors du tonneau, Blade finit par découvrir ce qu'il cherchait pour sauver Darya : une hache de bûcheron qui faisait partie de l'équipement de l'expédition partie de Tarkos.

Blade retourna vers le chariot et se mit à attaquer le point de la caisse qui avait le plus souffert du choc. La lame de la hache pénétra avec quelque difficulté dans le bois dur, mais finit par ouvrir une brèche. Blade levait une nouvelle fois la hache quand il entendit un petit gémissement qui lui apprit que Darya était toujours vivante. Cette bonne nouvelle le soulagea d'un grand poids et lui redonna du courage, même s'il redoutait encore de découvrir que la jeune femme avait été gravement blessée dans l'accident.

Quelques minutes plus tard, il finit par venir à bout de la résistance de l'épave. Il écarta les dernières planches et découvrit enfin la Tarkossi. Celle-ci eut un pâle sourire en apercevant Blade avant de s'évanouir.

Blade la dégagea rapidement, en essayant de la brusquer le moins possible, et alla l'étendre sur le sol. Il palpa le corps inerte et découvrit avec soulagement que la jeune femme ne souffrait que de gros hématomes dont le plus visible se trouvait au niveau de sa pommette gauche.

Une fois qu'il fut certain de la relative bonne santé de Darya, Blade l'abandonna momentanément pour se mettre à la recherche de Kamet. Il retrouva rapidement le Tarkossi mais s'aperçut que celui-ci n'en avait plus pour longtemps sur cette terre. Un gros filet de sang lui coulait de la bouche et des narines, preuve des ravages internes causés par sa chute.

L'homme ouvrit les yeux en entendant le bruit

de pas qui venait vers lui. Il fit visiblement un effort pour reconnaître Blade.

— Pourquoi avez-vous fait ça ? demanda celui-ci en s'accroupissant auprès du mourant. Pourquoi tout ce gâchis, bon sang !

Un bref râle sortit de la bouche de Kamet. L'homme eut du mal à garder ouverts des yeux au fond desquels se lisait déjà l'image sinistre de la mort.

— Tarkos..., murmura Kamet. Les barbares... il ne faut pas qu'ils y... qu'ils y entrent. Je...

Il fut parcouru d'un spasme. Sa bouche s'ouvrit toute grande, comme pour laisser fuir son âme, et il rendit son dernier soupir.

Blade resta un instant à fixer le visage mort puis referma les yeux du Tarkossi.

Le mot gâchis s'afficha une nouvelle fois dans son esprit soudain envahi par la lassitude.

Quand il revint auprès de Darya, la jeune femme venait d'ouvrir les yeux. Elle fit une grimace et essaya de bouger ses membres, que Blade avait libérés après l'avoir tirée du chariot.

— Doucement, souffla Blade.

La jeune femme eut un pâle sourire mais sa formidable volonté reprenait déjà le dessus. Avec l'aide de Blade, elle finit par se relever et regarda autour d'elle avec un air légèrement hagard.

— Où sommes-nous ? demanda-t-elle d'une voix encore hésitante.

Blade jeta un regard au paysage noyé sous la lumière lunaire. Ses yeux parcoururent l'espace entre la crête et la masse sombre et piquetée de lumières de la ville lointaine. C'est à cet instant précis qu'il s'aperçut à quel point la jeune femme l'avait échappé belle...

— Chez les vivants..., souffla-t-il en embrassant les lèvres poussiéreuses de la belle Tarkossi.

Puis il retourna au chariot pour récupérer les sacs de pierres précieuses.

CHAPITRE XI

Lorsqu'ils finirent par rejoindre Phoras, après une marche épuisante, Blade et Darya trouvèrent la ville enfin endormie. Les gardes de la porte principale les laissèrent entrer sans même s'étonner de leur aspect. Pourtant, on aurait dit deux rescapés d'un tremblement de terre en train de fuir les lieux de la catastrophe. Leurs vêtements étaient sales et déchirés et leur démarche rendue hésitante par la fatigue et les innombrables douleurs qui fusaient de leurs non moins innombrables petites blessures.

Blade n'en avait pas pour autant perdu son sens de l'orientation, ce qui lui permit de retrouver assez vite l'emplacement de l'auberge. Ils découvrirent avec soulagement que la populace et, surtout, la milice, avaient quitté les lieux. Le seul problème qui se posait maintenant, était de rentrer discrètement dans l'établissement…

Blade fit signe à Darya de rester dans la rue — qui n'était plus fréquentée que par des mendiants ivres morts affalés dans les caniveaux — et se glissa sous la porte cochère donnant accès à l'auberge.

Soudain, une silhouette se détacha de l'ombre qui avait pris possession du corridor, pour barrer la route à Blade. Celui-ci avait déjà posé la main sur la poignée de son sabre quand il reconnut Kwi.

— J'étais sûr que tu reviendrais, noble étranger..., soupira le gros homme. Malheureusement, je vois que la belle jeune femme n'est pas avec toi et que tu es en bien piteux état. Et pourtant, je n'arrive pas à croire que ces bandits aient pu rosser un gaillard comme toi...

Blade eut un sourire fatigué et posa le sac contenant les pierres précieuses par terre. Puis il alla jusqu'à la porte et appela doucement Darya.

Entre-temps, l'aubergiste avait allumé une bougie. Quand il aperçut la Tarkossi, son visage lunaire s'éclaira d'un large sourire de satisfaction.

— Ses ravisseurs sont tous dans un monde meilleur, si tu veux tout savoir, fit Blade en ramassant son sac.

L'aubergiste lui donna une claque dans le dos et alla fermer la porte. Pendant ce temps, Blade fouilla rapidement le sac et en sortit une des bourses remplies de pièces d'or qu'il avait retrouvées dans l'épave du chariot.

— On sera plus tranquilles comme ça, commenta Kwi lorsqu'il fut de retour. De toute façon, les clients qui sont encore dehors à cette heure-ci ne sont probablement plus en état de rentrer...

Blade l'arrêta au passage.

— A qui appartenait le cheval que j'ai pris ? Lui non plus n'était plus en état de rentrer...

Kwi fit un geste vague.

— A un cousin à moi. Mais ça n'a pas d'importance, va. Fais-moi confiance, je saurai lui faire comprendre que c'était pour une noble cause...

Blade secoua la tête et tendit la bourse à l'aubergiste.

— Bonne cause ou pas, tu lui donneras ça de ma part. Promis ?

L'aubergiste prit la bourse d'un air ravi et fit signe que oui.

— Quant à toi, tu pourras garder le chariot et les bœufs qui restent, à titre de dédommagement pour tout le tracas de ce soir..., ajouta Blade. Cela dit, je ne sais pas ce que nous donnerions pour un bon bain et un bon lit !

Kwi empocha la bourse et les poussa en direction de l'intérieur de l'auberge.

— Rassure-toi, j'ai tout ce qu'il faut. Juste le

temps de réveiller un des fainéants que je paye à ne rien faire pour vous monter de l'eau chaude...

Dès que le domestique ensommeillé et bougonnant eut fini de monter l'eau fumante, Darya se déshabilla avec un soupir de soulagement. Son corps était couvert de bleus et de diverses petites blessures reçus lors de son enlèvement et de l'accident du chariot.

Kwi ayant eu l'excellente idée de leur donner un pot de baume cicatrisant, Blade attendit que la Tarkossi se fût rapidement lavée pour la badigeonner de pommade des pieds à la tête. Malgré leur délicatesse, les attouchements provoquèrent des grimaces chez la jeune femme au bord de l'épuisement. Blade la prit dans ses bras et la porta jusqu'à la couche préparée par le domestique. A peine l'avait-il déposée qu'elle s'endormit sur-le-champ.

Blade se lava rapidement et ne tarda pas à l'imiter. Il souffla la bougie et les murs craquelés de la pièce se dissolurent dans le néant.

***

L'envoyé d'Akhett aurait pu passer pour un honnête homme du petit peuple de Phoras mais sa démarche et ses gestes étaient trop assurés pour cela. C'était le genre de détail que l'œil exercé de Blade remarquait immédiatement.

— Cet homme désire te parler, noble étranger, fit Kwi avec un air entendu. Il prétend que vous vous êtes rencontrés hier soir et qu'il a une affaire à traiter avec toi... Si tu n'as pas envie de le voir, je me ferai un plaisir de te trouver la meilleure excuse du monde.

Blade jeta un rapide coup d'œil par la lucarne découpée dans le mur du « bureau » de Kwi et vit que l'homme faisait les cent pas dans l'espèce de salon qui essayait désespérément de paraître coquet. Une fille fort peu vêtue était avachie sur une banquette recouverte d'un tissu bleu et essayait d'attirer l'attention de l'envoyé du « général ». Mais celui-ci resta indifférent aux charmes en partie dévoilés, se contentant d'arpenter le salon dans tous les sens.

— Il a l'air bien impatient..., murmura l'aubergiste tout en se curant le nez du bout du doigt. Je vois que ta rencontre avec le général a été des plus fructueuses.

Blade éluda les questions de Kwi d'un geste à la fois amical et ferme. Moins le Phorassien en saurait, mieux cela vaudrait. Il regarda une nouvelle fois par la lucarne puis se dirigea vers la porte qui le séparait du salon.

L'homme se retourna brusquement en

l'entendant entrer. Il était trapu. Son habillement se résumait en grande partie à une de ces robes colorées que semblaient affectionner les citadins aisés de Phoras. Celle de l'envoyé était d'un vert agressif et lui tombait jusqu'aux chevilles. Un bonnet de laine recouvrait la totalité de son crâne probablement aussi lisse qu'une boule de billard. L'homme avait un visage souriant et ouvert, le genre de tête qui met la victime en confiance jusqu'au moment où le couteau jaillit de sa gaine...

Blade fit signe à la fille de disparaître. Il s'assura discrètement que Kwi ne les écoutait pas puis fit enfin face au messager du chef des mercenaires.

— On m'a dit que tu voulais me voir au sujet de l'affaire d'hier soir...

L'homme s'inclina une fraction de seconde devant Blade en guise de salut.

— Je m'appelle Keraï, dit-il d'une voix légèrement fluette. Mon maître m'a chargé de te dire qu'il avait fait le nécessaire et que le bateau serait prêt à partir la nuit prochaine.

— Où ça ?

Les yeux noirs de Keraï se fermèrent à demi.

— La femme et toi, vous n'aurez qu'à vous rendre devant l'échelle de coupée de l'*Holocauste* quand la lune sera au plus haut. On vous conduira ensuite au bateau.

— Très bien, fit Blade. Combien d'hommes ?

— Cent, comme tu l'as demandé. Je dois aussi te dire que le général vous accompagnera...

Blade se redressa en fronçant les sourcils.

— Quoi ? J'avais pourtant bien dit à Akhett que c'était moi qui devais commander l'expédition ! souffla-t-il avec colère. Et...

Keraï l'interrompit d'un geste brusque.

— Le général pense que cette expédition est trop importante pour qu'il ne lui accorde pas toute l'attention qu'elle mérite. Mais il m'a dit de t'assurer que ses hommes resteraient sous ton commandement.

Blade se détourna et resta un bref instant les yeux fixés au sol. Il avait espéré que le chef des mercenaires ne les accompagnerait pas mais il aurait dû se douter qu'un requin tel que Akhett viendrait s'assurer en personne du ratissage des richesses de Tarkos, une fois que la ville aurait été prise.

— Dois-je dire à mon maître que tu désires annuler votre accord ? susurra alors Keraï avec un rictus malsain.

Blade se retourna d'un bloc et empoigna le col de la robe verte dans sa poigne puissante.

— Si tu tiens à quitter cette auberge vivant, je te conseille de ne pas jouer au plus malin avec moi, jeta-t-il à la face de l'homme. Que les choses soient bien claires entre Akhett et moi : à la moindre tentative de sa part de me doubler, je l'étranglerai de mes propres mains, tu entends ?

L'expression du visage de Blade dut être particulièrement convaincante car Keraï perdit immédiatement de sa superbe et la peur fit une timide apparition dans ses yeux.

— Et tu diras aussi à ton maître que je n'ai qu'une parole et que s'il respecte notre marché, il reviendra ici avec assez d'or et de diamants pour acheter la ville entière ! Mais qu'il ne s'avise pas de commettre l'erreur de se croire plus malin que moi, d'accord ?

Keraï se dégagea lentement de l'emprise de Blade. Sa respiration, qui s'était imperceptiblement accélérée, reprit un rythme normal pendant qu'il réajustait son vêtement.

— Je lui ferai la commission..., répondit-il une seconde plus tard. As-tu l'argent promis avec toi ? ajouta-t-il subitement, comme s'il venait de se souvenir d'un détail secondaire.

— Akhett l'aura ce soir, rétorqua Blade avec fermeté.

— J'ai peur que ceci ne déplaise beaucoup à mon maître...

— C'est à prendre ou à laisser, fit Blade. Si Akhett n'a pas confiance en moi avant même que nous soyons partis, il est inutile d'aller plus loin.

Keraï hocha la tête et sortit sans un mot de plus.

La grande partie de bras de fer venait de commencer.

*
**

Kwi les abandonna juste avant l'entrée du port.

— Je ne tiens pas à aller plus loin, nobles étrangers, dit-il avec une certaine dose de tristesse dans la voix. J'ai entendu dire qu'il y avait des personnes mal intentionnées à mon égard qui avaient leur quartier général sur les quais. J'espère que vous ne m'en voudrez pas...

Blade se contenta de lui donner une claque dans le dos et de le remercier.

— Je ne sais pas si nous aurons l'occasion de nous revoir, vieux brigand, dit-il à Kwi, mais sois sûr que je ne t'oublierai pas.

Dix minutes plus tard, Darya et Blade arrivaient en vue de la sombre masse de l'*Holocauste*.

Sur le moment, Blade ne constata aucun changement par rapport à sa première visite. Le même espace dégagé se découpait sur le quai en face du sinistre ponton flottant aux mâts amputés et les mêmes brutes bardées de cuir et de métal formaient toujours leur cordon protecteur autour de la zone ainsi délimitée.

C'est ainsi que Blade eut le douteux plaisir de retrouver Nez-Brisé et l'Oreille-Cassée.

Nez-Brisé leva son mufle écrasé vers le ciel envahi par la clarté laiteuse de la lune.

— Tu es à l'heure, étranger..., fit-il de sa voix bizarre et un peu sifflante. Le général aime les hommes qui sont ponctuels. Et les belles dames, ajouta-t-il en fixant soudain Darya.

Blade ne releva pas l'allusion et laissa le mercenaire défiguré déshabiller la jeune femme du regard. Darya comprit de son côté qu'il lui faudrait supporter ce genre d'attention tout au long du voyage. Après tout, la libération de son peuple valait bien quelques sacrifices.

Sur ce, l'Oreille-Cassée et Nez-Brisé conduisirent Blade et la Tarkossi de l'autre côté de la zone protégée, en direction de la proue de l'*Holocauste*.

Sur le moment, Blade pensa à un traquenard et sa main se posa instinctivement sur la poignée de son sabre. Après tout, il avait suffisamment de pierres précieuses dans le sac qu'il avait avec lui pour attiser la convoitise d'un coupeur de gorge du calibre d'Akhett, lequel, après l'avoir éliminé, pourrait bien croire être capable de faire parler Darya...

Mais ses soupçons se révélèrent — tout au

moins pour l'instant —, sans fondement. En effet, une barque à fond plat les attendait près de la proue du ponton. Le général se leva et leur fit signe de monter à bord.

— J'espère que ceci est le début d'une fructueuse collaboration, dit-il en s'inclinant devant Darya.

Blade lui tendit le sac sans un mot et la barque s'éloigna du quai en direction de la forme basse et élancée d'un voilier qui attendait au milieu du fleuve.

CHAPITRE XII

Le voyage sur mer s'était passé sans incident notable et sans que Darya ne soit importuné par les dizaines de mâles émoustillés par sa présence sur le bateau.

Grâce aux anciennes cartes venues de Tarkos, le capitaine du voilier avait pu se diriger sans problème jusqu'à une crique déserte qui se trouvait à deux jours de marche de la chaîne montagneuse qui coupait Tarkos du reste du monde. Le capitaine avait pour ordre d'attendre un mois le retour du détachement avant de repartir vers Phoras. Lorsqu'il vit s'éloigner la colonne de soldats aux crânes rasés, il se demanda s'il les reverrait un jour...

Comme prévu, ils mirent un peu moins de quarante-huit heures pour atteindre les premiers contreforts de la chaîne : une succession de plissements de terrain couverts d'une végétation pelée et qui allaient en s'élevant. Et, au-delà, se dessinaient sur le fond du ciel les pics enneigés qui formaient une barrière infranchissable entre Tarkos et le Dehors.

— Seulement une *des* barrières qui la coupe du monde..., rectifia Darya quand Blade en fit la réflexion. S'il n'y avait eu que celle-ci, il y a longtemps que des voyageurs du Dehors nous auraient retrouvés.

— Ce qui veut dire ? demanda Blade d'un air intrigué, tout en abandonnant du regard la colonne noire des mercenaires qui serpentait dans le paysage presque lunaire.

Les yeux verts de la jeune femme se fermèrent à demi.

— Tu verras cela lorsque nous serons arrivés sur place. Vois-tu, je ne tiens pas à divulguer quoi que ce soit des défenses de ma cité avant d'y être forcée par les événements. Car, depuis quelque temps, j'ai appris à redoubler de prudence, même avec les gens que je crois bien connaître...

Blade se contenta d'un hochement de tête silencieux en guise de réponse. Akhett leur fit alors signe de rejoindre le détachement qui avait pris de l'avance sur eux.

*
**

Ils parvinrent au pied des montagnes alors que le soleil avait déjà bien entamé sa chute vers l'horizon. Le ciel, parsemé de nuages floconneux, avait pris la teinte légèrement orangée qui annonce le crépuscule.

Darya était en tête du détachement, aux côtés de Blade et d'Akhett. Le « général » avait troqué son déguisement à la Flash Gordon contre une tenue de cuir lamée de métal semblable à celle de ses hommes. Seul le grand manteau pourpre indiquait encore la prééminence de son rang. Un peu plus loin, l'Oreille-Cassée et Nez-Brisé ne les quittaient pas d'une semelle. Blade avait d'ailleurs remarqué que l'attitude des deux brutes s'était subitement modifiée à son égard depuis l'épisode de leur première rencontre : maintenant, les deux mercenaires semblaient plus ou moins le considérer comme un égal et non plus comme un de ces hâbleurs qui semblaient pulluler à Phoras depuis la fin de la fameuse campagne contre les fanatiques de Gharokk. Blade avait aussi appris que les deux hommes se nommaient, respectivement, Garad et Korwin. Mais, pour lui, ils étaient désormais l'Oreille-Cassée et Nez-Brisé...

Darya les conduisit au pied d'un mur de roc, si lisse qu'on aurait pu croire qu'il avait été découpé d'un coup de hache géant dans le flanc de la montagne. Trente ou quarante mètres plus haut, l'anarchie immobile des rochers reprenait ses droits. Des traces de neige tentaient de survivre sur le sol encombré de pierres de toutes tailles et les membres de l'expédition commencèrent à regretter que la légèreté obligatoire de leur paquetage les ait obligés à éviter d'emporter des vêtements plus chauds.

Darya demanda à Blade de réunir les hommes d'Akhett, face à la muraille de rocher lisse comme de la glace.

— Vous allez nous attendre ici pendant que nous allons nous assurer que le passage n'est pas obstrué, déclara la jeune femme en se frottant les mains pour lutter contre le baiser glacé du froid.

— Je croyais que tu connaissais ce passage…, intervint alors Akhett.

Darya jeta un rapide coup d'œil au visage cadavérique du « général » avant de reprendre la parole.

— A l'aller, j'ai pris un autre chemin. Il y a trois passages secrets dans la montagne pour accéder à Tarkos. Le troisième est proche d'ici mais c'est le plus dangereux. Celui qui nous intéresse n'a pas été emprunté depuis des siècles et je ne sais pas dans quel état nous allons le trouver. C'est pour cela que je désire l'explorer rapidement avant que nous nous y engagions tous…

Akhett hocha la tête et remis en place l'anneau d'or qui avait légèrement glissé sur la peau crayeuse de son crâne.

— C'est bon, dit-il. Je vous accompagnerai.

Darya lança un regard interrogateur à Blade. Celui-ci lui fit oui de la tête. Puis il appela l'Oreille-Cassée et Nez-Brisé.

— Allons-y, avant d'être gelés sur pied, dit-il en prenant Darya par le bras.

La Tarkossi tira de sa veste une nouvelle carte, plus petite que les précédentes et recula d'une cinquantaine de pas, de façon à avoir le champ nécessaire pour repérer certains détails de la pente rocheuse qui les surplombait.

Elle n'eut pas besoin de plus d'une minute pour retrouver la plupart des points de repère permettant de situer l'emplacement de l'entrée secrète. Un instant plus tard, le petit groupe arrivait devant un quartier de roc à l'allure tout à fait innocente.

— C'est là..., dit Darya avec un soupir.

Elle alla derrière le rocher et trouva ce qu'elle cherchait : un orifice juste assez grand pour laisser passer un homme.

— Tu comprends maintenant pourquoi il ne fallait pas se surcharger inutilement ? fit-elle à Blade.

— Si tous les passages sont comme celui-ci, je me demande comment Tarkos pouvait bien entretenir des relations avec le reste du pays durant sa période faste..., répondit celui-ci après avoir jeté un coup d'œil dans le trou sombre.

La jeune femme haussa vaguement les épaules.

— Le jour où le Conseil a décidé de couper les ponts avec le Dehors, tous les ravins permettant de traverser la montagne ont été coupés par les éboulements gigantesques provoqués par les ingénieurs de Tarkos. Il n'y a que dans celui des Troglodytes que le système n'a pas fonctionné. Mais c'était le passage le plus impraticable de tous...

— C'est celui dont tu nous a parlé tout à l'heure, je suppose ?

Darya acquiesça.

— Alors ? demanda Akhett en s'approchant d'eux, suivi par ses deux sbires.

Blade lui montra l'orifice qu'il était impossible de distinguer si on n'avait pas le nez dessus.

— Je crois qu'il est temps d'allumer nos lampes, dit-il en tirant la sienne.

L'étroit passage continuait sur une dizaine de mètres avant de s'élargir suffisamment pour permettre à deux personnes d'avancer de front. Blade avait pris la tête, sa lampe à huile dans une main et son sabre dans l'autre. On ne savait jamais ce qui pouvait vous attendre dans ce genre d'endroit.

Ils finirent par déboucher dans une petite caverne dont la voûte culminait à pas plus de cinq mètres de hauteur. Et, au centre de celle-ci se trouvait ce qui était de toute évidence l'ouverture circulaire d'un puits.

Cette découverte ne parut pas émouvoir Darya. La jeune femme dépassa Blade et alla se pencher prudemment au-dessus du trou sombre qui plongeait dans le sol. Blade et les autres vinrent la rejoindre autour de la margelle faite de grosses pierres réunies par des joints de terre quelque peu effrités par les ans.

— Il va falloir descendre par ce puits, déclara la Tarkossi à ses compagnons. En principe, il y a des marches taillées dans la paroi, avec des rebords proéminents pour assurer la prise des mains.

Blade se pencha à son tour et tendit le bras pour que sa lampe éclaire le trou au maximum. Il ne parvint pas à distinguer le fond du puits mais aperçut les marches en question.

— Marches ou pas, ça ne va pas être une partie de plaisir que de descendre là-dedans..., murmura-t-il.

Darya se retourna vers Akhett et les deux mercenaires.

— Il nous faut pourtant vérifier si le système

d'obturation n'a pas fonctionné en bas du puits, dit-elle. Mes ancêtres étaient des gens prudents doublés d'excellents ingénieurs mais la montagne a peut-être bougé depuis toutes ces années...

— J'y vais, fit Blade. Toi, viens avec moi, ajouta-t-il en désignant Nez-Brisé.

Puis il enjamba la margelle, après avoir soufflé sa lampe et l'avoir accrochée à son baudrier. Son pied trouva assez facilement la première marche et la descente dans le noir commença.

Elle ne posa pas vraiment de problèmes aux deux hommes. Blade s'attacha à toujours conserver un certain écart entre Nez-Brisé et lui, afin de ne pas avoir les doigts écrasés par les pieds du mercenaire. De temps à autre, Blade jetait un coup d'œil vers le haut. La lumière incertaine des lampes à huile découpait un cercle tremblottant dans les ténèbres et sur lequel se détachaient les têtes de Darya et des deux Phorassiens qui essayaient de deviner ce qui se passait dans le gouffre noir du puits.

Au fil des minutes qui passaient dans cet environnement angoissant, Blade se mit à se demander si ce damné puits avait, oui ou non, un fond... Soudain, alors que le cercle de lumière n'était plus qu'une minuscule ouverture, en grande partie masquée par le corps de Nez-Brisé, il sentit enfin le sol ferme sous ses pieds. Il avertit le mercenaire et quitta à tâtons les abords de la primitive échelle. Là, il ralluma sa lampe et découvrit l'antre où il était tombé. Nez-Brisé le rejoignit rapidement et sa lampe vint au secours de celle de Blade.

Après avoir rassuré ses compagnons, qui se trouvaient maintenant à une bonne cinquantaine de mètres au-dessus de lui, Blade montra au mercenaire défiguré l'entrée de la galerie qui s'enfonçait sous la montagne.

— A l'autre bout, il y a Tarkos et ses richesses..., fit-il pour encourager l'homme qui semblait hésiter à s'y engager.

Nez-Brisé alla inspecter l'entrée de la galerie et découvrit que celle-ci semblait être en piteux état.

— Si c'est comme ça jusque de l'autre côté, ça promet..., bougonna le mercenaire.

Blade vint se placer à côté de lui et leva sa lampe pour examiner la voûte et les parois de la galerie. Effectivement, celles-ci avaient dû souffrir de mouvements internes de la montagne, ou, tout simplement, du passage des années. Des fissures plutôt inquiétantes surgissaient çà et là dans la pierre poussiéreuse et un certain nombre de blocs rocheux gisaient sur le sol. Des trous marquaient les endroits d'où ils s'étaient décrochés.

— J'avoue que cela ne m'inspire guère

confiance, admit Blade, alors que Nez-Brisé venait de s'engager plus avant dans le tunnel.

A peine avait-il prononcé ces mots que Blade entendit un craquement au-dessus de lui. Il fit un bond sur le côté et vit rouler à ses pieds un rocher gros comme une boule de bowling. Nez-Brisé se retourna et le fixa avec un air de plus en plus inquiet. Il allait dire quelque chose mais Blade, qui venait de comprendre que le tunnel était si fragile que les ondes sonores risquaient de provoquer un éboulement général, lui fit signe de se taire et de revenir le plus silencieusement possible vers le fond du puits. Le mercenaire hocha la tête et fit demi-tour. Même les ravages de son visage ne parvenaient plus à dissimuler la peur qui venait de l'envahir.

Entre-temps, Blade avait quitté la galerie. Nez-Brisé commença à marcher lentement dans sa direction. La poussière qui flottait dans l'air confiné lui titillait les restes de ses narines écrasées et il devait faire un effort surhumain pour ne pas éternuer.

Il avait parcouru les deux tiers du chemin, et se trouvait entre deux gros blocs tombés au sol, quand il lui fut subitement impossible de retenir plus longtemps l'éternuement qui couvait en lui. Blade le vit se redresser d'un coup, incliner la tête en arrière et porter violemment les mains à son visage, lâchant au passage sa lampe à huile.

Blade comprit en un millième de seconde ce qui allait se passer. Il posa sa lampe au sol et bondit à l'intérieur de la galerie au moment où Nez-Brisé expulsa un gigantesque éternuement qui fit trembler la voûte du tunnel.

Trois mètres séparaient encore Blade de son compagnon quand les premiers blocs se détachèrent du plafond. L'un d'eux le percuta à l'épaule, avec une telle force que Blade fit un écart involontaire. Il pleuvait littéralement de la poussière. Blade se jeta en avant et empoigna le bras de Nez-Brisé, à l'instant où ce dernier, incapable de se retenir, éternua à nouveau en faisant autant de bruit qu'une grenade.

Blade le tira d'un seul coup vers lui. Nez-Brisé trébucha sur un rocher et manqua de s'étaler au sol. Mais Blade parvint à l'empêcher de tomber, le fit tournoyer autour de lui et l'expédia vers le fond du puits pendant que lui-même plongeait en avant.

A la même seconde, plusieurs mètres carrés de la voûte se décrochèrent pour s'écraser avec un bruit d'enfer à l'endroit où se trouvait encore quelques secondes auparavant le mercenaire défiguré.

La gueule de la galerie expulsa une vague de poussière et de cailloux qui soufflèrent la dernière lampe et recouvrirent les corps des deux hommes étendus au sol.

Une seconde plus tard, Nez-Brisé s'ébroua comme un gros animal et aida Blade à se relever. Puis ils se précipitèrent, dans le noir, à la recherche des marches creusées dans la paroi. Cette fois, Blade monta le premier. Au moment où il passait devant Nez-Brisé, le mercenaire l'arrêta avec une douceur inhabituelle chez lui.

— J'ai envers toi la plus grande dette qui existe, étranger, murmura-t-il. Et je saurai me souvenir de ton geste... Allez, quittons cet endroit maudit !

CHAPITRE XIII

Lorsqu'ils virent réapparaître ceux qui étaient partis moins d'une heure auparavant pour vérifier le passage secret, les mercenaires comprirent instantanément que quelque chose n'allait pas et une certaine inquiétude se peignit sur leurs visages rudes et fermés. La seule chose qui les surprit fut de voir l'état dans lequel se trouvaient le mystérieux étranger qui les commandait et Korwin, alias Nez-Brisé.

Darya leur expliqua rapidement leur échec pendant que les deux hommes se nettoyaient tant bien que mal avec de la neige, aidés par l'Oreille-Cassée. Seul Akhett affichait un masque impénétrable. Mais un observateur attentif aurait pu lire dans ses yeux de diamant à quel point le mécontentement, aiguisé par l'incertitude, s'était installé dans son esprit retors. Jusque-là, il avait cru à une expédition sans grand risque et il venait de s'apercevoir qu'il leur faudrait sans doute livrer bataille *avant* même d'être arrivés en vue de cette cité soi-disant couverte d'or...

Darya le confirma, sans le savoir, dans ses doutes :

— Il ne nous reste plus qu'une solution, commença-t-elle, c'est d'emprunter la voie qui traverse le territoire d'une peuplade de troglodytes. Du temps de la splendeur de Tarkos, cette tribu était une des plus cruelles qui existât et pratiquait couramment le cannibalisme. Ce qu'elle est devenue depuis, personne n'en sait rien, aussi nous faudra-t-il faire preuve de la plus grande prudence.

***

Ils avançaient en maudissant la neige et le froid un peu plus à chaque pas.

Ils avaient attaqué l'ascension de la montagne à la levée du jour. Pendant plusieurs heures, Darya les avait menés le long d'un sentier si usé par les siècles que des portions entières en avaient été gommées, rendant ainsi leur progression encore plus dure. Habitués au climat chaud de la province de Phoras, les hommes d'Akhett avaient l'impression d'être transpercés par des millions d'aiguilles gelées. Seuls Blade et Darya, plus entraînés à des climats rudes, semblaient ne pas trop se soucier de l'agression des éléments.

Ils comptèrent leur premier mort avant d'arriver à l'entrée de la passe menant au ravin qui traversait la ligne montagneuse partiellement prise sous la neige : un des mercenaires glissa sur une plaque verglacée, sans que ses compagnons aient le temps de le retenir, et fila s'écraser cent mètres plus bas.

Blade fut visiblement le seul à avoir une réaction de pitié pour le malheureux. Darya, elle-même, daigna à peine détourner la tête. Quant à Akhett, il ne fit, de toute évidence, que pester intérieurement contre la maladresse de son soldat qui le privait d'un centième de sa capacité de transport de pierres précieuses pour le retour. Mais, pouvait-on attendre autre chose de la part d'un homme à qui la mort avait prêté son visage ?

Lorsqu'ils parvinrent enfin à l'entrée de la profonde blessure qui coupait en ligne brisée le corps de la montagne sur une dizaine de kilomètres de long, Darya fit arrêter la colonne pour la regrouper.

Blade alla voir de plus près le début du profond et étroit ravin. Il découvrit alors que le sentier courait sur une corniche accrochée à l'un des flancs de pierre noire, à une bonne trentaine de mètres au-dessus du fond de la titanesque et irrégulière entaille. Ce qui signifiait que la moindre chute serait mortelle.

— Alors ? fit Darya quand il revint près d'elle.

Blade se frotta les mains pour les réchauffer.

— Cela m'a l'air faisable... A condition qu'une nuée de troglodytes ne nous tombent pas dessus en cours de route.

— Il faudra surveiller constamment les hauteurs, répondit la jeune femme en secouant ses longs cheveux noirs pour les débarrasser des particules de givre qui s'y agrippaient. D'après nos archives, ils avaient l'habitude de jeter des rochers sur les voyageurs qui commettaient l'imprudence de s'aventurer sur la corniche.

Blade eut une brève grimace.

— Ce qui veut dire que nos arcs ne nous seront que de peu d'utilité... Enfin, nous verrons !

Ayant repris leur formation en colonne, ils s'engagèrent avec précaution sur le chemin bordant le précipice. Le ravin fit rapidement naître en eux une sensation d'oppression, avec ses deux flancs immenses et noirs qui semblaient être prêts à se refermer sur eux pour les écraser comme des mouches.

Blade avait repris la tête, les sens aux aguets.

Il ne s'était senti que rarement auparavant dans une situation aussi vulnérable. Comme tous ses compagnons, il avait les yeux constamment dirigés vers la ligne qui marquait, très loin au-dessus de leurs têtes, la frontière entre la masse noire de la roche et le bleu du ciel maintenant débarrassé de ses nuages de la veille. Akhett était le seul parmi eux à ne pas lever la tête et à garder les yeux fixés sur l'étroit chemin.

Au moment d'arriver au premier virage — pratiquement à angle droit —, Blade fit signe aux autres de l'attendre et se glissa jusqu'au niveau de l'arête rocheuse que contournait brusquement la corniche.

Il tira son sabre puis s'approcha avec précaution. Et, d'un seul coup, il passa de l'autre côté, prêt à frapper tout ce qui pourrait se mettre en travers de son chemin. Mais la nouvelle section de corniche se révéla aussi déserte que celle qu'il venait de quitter. Blade revint en arrière pour avertir le reste de la colonne que tout allait bien.

La progression continua donc sans problème. Les fameux troglodytes qui avaient terrorisé les Tarkossis, des siècles plus tôt, s'étaient apparemment évanouis dans la nature. Mais Blade, en vieux routier des combats, craignait une ruse et avait ordonné à tous les Phorassiens de garder les yeux levés vers le ciel. Mais rien ne se produisit jusqu'à l'avant-dernier tournant du chemin.

Comme à son habitude, Blade s'était glissé rapidement de l'autre côté de l'arête rocheuse autour de laquelle virait la corniche. Et, cette fois, il tomba sur un obstacle...

Un entassement de rochers montant jusqu'à hauteur d'homme leur coupait la route.

« Nous y voilà enfin... », songea Blade en scrutant le sommet de la falaise. Pourtant, il dut se rendre à l'évidence : personne ne les attaquait. Cette constatation le mit presque mal à l'aise. Finalement, il se colla contre la noire paroi et s'approcha de l'obstacle, qu'il examina ensuite rapidement.

Il ne mit pas longtemps à trouver le détail qui ne cadrait pas : des lichens verdâtres avaient poussé entre les rocs sombres, ce qui voulait dire que ceux-ci étaient là depuis très longtemps, des mois ou, peut-être même des années... En y regardant de plus près, Blade finit par pencher pour cette seconde hypothèse, tant la végétation parasite était florissante dans les interstices séparant les blocs.

Au bout d'un instant, il se releva, jeta un dernier coup d'œil vers le ciel et retourna vers les autres.

— J'ai bien l'impression que tes horribles cannibales ne sont plus qu'un mauvais souvenir..., dit-il à Darya. Je ne sais pas de quand date leur dernier traquenard, mais je peux t'assurer que ce n'est pas d'hier ! Il me faudrait quelques bonnes épées et quelques bras solides pour déblayer le chemin, ajouta-t-il à l'adresse d'Akhett.

Les trois Phorassiens qui le suivirent ne mirent qu'une dizaine de minutes pour démolir l'obstacle en se servant de leurs armes en guise de leviers. Les blocs roulèrent au fond du ravin avec un bruit sourd dont l'écho se répercuta tout au long des immenses parois verticales.

Blade remarqua alors que Darya suivait l'opération avec une expression de profonde lassitude inscrite sur son visage de chatte et il ne put s'empêcher d'en demander la raison à la jeune femme.

— Les troglodytes sont morts de ce qui ronge notre peuple. Eux aussi ont voulu rester entre eux, hors du monde. Et voilà ce qu'ils sont devenus : des fantômes que personne n'a vu partir et que personne ne regrette. Comprends-tu maintenant pourquoi je prends tant de risques ? poursuivit-elle soudain à voix basse en désignant Akhett du regard. Les deux seuls hommes qui partageaient mes idées sont morts durant l'attaque des pillards dont tu nous a sauvés et j'ai terriblement besoin de ne pas me sentir seule face à une telle décision. Rappelle-toi aussi qu'elle a retourné contre moi des gens tels que Jutton et Kamet qui, une heure plus tôt, auraient sans doute donné leurs vies pour moi...

Blade évita de lui dire ce qu'il pensait de cette affirmation hasardeuse et se contenta de la serrer brièvement dans ses bras puissants.

— Si je suis ici, c'est que tu m'as convaincu, la rassura-t-il. Dans le cas contraire, crois-tu que je me serais mis dans un pareil guêpier ? ajouta-t-il avec un rapide sourire. J'espère seulement qu'Akhett respectera le marché qu'il a conclu avec moi, une fois que nous aurons mis la main sur les membres du Conseil de Tarkos.

Akhett se dirigea alors vers eux et ils durent changer de conversation.

— Dans combien de temps penses-tu que nous serons à pied d'œuvre ? demanda le « général » en les fixant l'un après l'autre de son regard inhumain. Je commence à en avoir assez de ce voyage...

— D'après la carte, nous sommes presque rendus de l'autre côté de la montagne, lui répondit Darya. Nous devrions apercevoir le Grand Lac d'ici une heure ou deux. D'ailleurs, il me semble qu'il fait déjà moins froid.

Akhett grogna un juron indistinct et retourna près de ses hommes qui finissaient de jeter les dernières roches dans le précipice.

Darya avait vu juste car ils ne tardèrent pas à

déboucher sur la dernière portion de la corniche. Les noires parois commencèrent à s'écarter insensiblement et, après un dernier détour, la colonne sortit enfin du ravin, découvrant d'un seul coup un magnifique paysage verdoyant.

— Par tous les démons, où est cette damnée cité ? s'exclama Akhett en lançant un regard furieux vers les eaux désertes du Grand Lac.

CHAPITRE XIV

Voyant le chef des mercenaires porter la main à son épée, Blade s'interposa immédiatement entre la jeune femme et lui.

Les diamants nichés au fond des orbites d'Akhett émirent un éclat brûlant.

— Ecarte-toi, étranger ! gronda-t-il en tirant complètement son arme. Ne vois-tu pas que cette sorcière nous a bernés sur toute la ligne ? Qu'il n'y a pas plus de cité croulant sous l'or dans ce pays que de femme dans le lit du gouverneur de Phoras ?

Bien que comprenant parfaitement la colère de l'homme au visage cadavérique, Blade voulait donner le temps à Darya de se justifier. Et puis, ce n'était guère dans son genre de laisser une femme se faire écharper sous ses yeux sans réagir... Une fois qu'il fut certain que le « général » ne se jetterait pas à la gorge de la Tarkossi, il se retourna vers celle-ci.

— Une explication serait sans doute la bienvenue..., fit-il en frottant de la main la barbe de plusieurs jours qui avait envahi son visage. Sinon, je ne vois pas comment je pourrai empêcher tous ces hommes de te faire un mauvais sort.

Bizarrement, la jeune femme eut un sourire amusé. Elle prit Blade par le bras et l'amena au bord de la plate-forme rocheuse sur laquelle ils avaient débouché en sortant du sinistre ravin noir.

Sous eux, la montagne descendait en pente douce vers une bande de verdure qui ceinturait la totalité du lac. Les eaux turquoise luisaient doucement sous l'effet des rayons du soleil encore haut dans le ciel. Après les heures éprouvantes passées dans l'ancien domaine des troglodytes ce paysage avait quelque chose d'enchanteur et de profondément reposant. Sans compter le mystère que posait la présence d'un tel micro-climat tempéré au cœur d'un massif montagneux envahi par la neige d'un bout à l'autre de l'année...

— Ne remarques-tu rien au milieu du lac ? lui demanda alors Darya.

Blade la regarda d'un air intrigué avant de fixer à nouveau l'étendue d'eau miroitante. Il ne distingua rien de particulier en dehors d'une sorte de vapeur imprécise qui occupait la totalité de la partie centrale du lac. Sur le moment, il pensa qu'elle était due à l'action du soleil sur les eaux, puis le doute s'installa dans son esprit lorsqu'il s'aperçut qu'il ne faisait pas assez chaud pour qu'un tel phénomène se produise naturellement.

Darya le vit froncer les sourcils.

— Je vois que tu as compris..., dit-elle avec un soupir de soulagement. Tarkos se trouve là-bas, juste à l'emplacement délimité par cette étrange vibration de l'air.

— J'avoue ne pas très bien saisir..., fit Blade pour provoquer des explications plus évidentes.

— C'est la magie des Prêtres-Rois qui donne cette illusion, dit la jeune femme. La cité est là sans y être vraiment et seuls les membres du Conseil possèdent la clé qui permet d'accéder à Tarkos.

— Et si on ne la possède pas, que se passe-t-il ?

— Rien. Tu traverses le lac sans rencontrer quoi que ce soit, en dehors d'une sensation désagréable de picotement de la peau.

Blade hocha la tête. Tout cela lui rappelait les théories de Lord Leighton sur la présence simultanée d'une quantité infinie d'univers au même endroit. Des univers parallèles décalés les uns par rapport aux autres par une infime différence vibratoire au niveau de leurs atomes, différence qui devenait un vide presque sans limite lorsqu'il fallait passer d'une fréquence à l'autre. La magie des Prêtres-Rois devait être bien puissante pour réaliser un tel prodige à la demande...

— Il va falloir maintenant convaincre notre ami Akhett, dit Blade. Cela risque d'être plus dur qu'avec moi...

Darya déposa un rapide baiser sur ses lèvres.

— Je suis sûre que tu arriveras à le faire patienter jusqu'à ce que nous soyons au milieu du lac, répondit-elle en souriant. De toute façon, il n'a pas le choix et, au point où il en est, il peut encore attendre quelques heures, n'est-ce pas ?

⁂

La descente vers les rives verdoyantes du lac se révéla nettement plus aisée que ne l'avait été l'ascension de l'autre face du massif montagneux. Les mercenaires, qui avaient enduré le froid et l'humidité plus ou moins en silence, laissèrent transparaître leur satisfaction de retrouver un climat plus clément et parurent momentanément oublier l'intrigante histoire que leur avaient servi les deux étrangers au sujet de cette cité fabuleuse qui était là sans y être. La seule chose qui leur importait était que le général ait été convaincu — ou ait feint de l'avoir été — par les explications de la femme qui les avait conduits jusque-là.

La bande de végétation luxuriante ne dépassait pas un kilomètre de large. Elle était composée surtout de gros arbres presque aussi épais que hauts et dont le tronc ressemblait à une barrique recouverte d'écorce d'où jaillirait un fouillis de longues branches flexibles s'agitant doucement sous l'effet de la brise. Un grand nombre d'espèces de plantes parasites aux feuilles larges et colorées recouvrait le sol gras et fertile sur lequel prospéraient herbes et fougères.

Les points de repère manquant, Darya se dirigeait grâce à l'espèce de boussole que les Tarkossis avaient utilisée lors de la traversée de la savane rousse. Blade remarqua que l'intérêt d'Akhett pour l'instrument en question n'avait fait qu'augmenter au cours du voyage. Aussi, ne fut-il guère surpris quand le chef des mercenaires demanda à la jeune femme d'ajouter quelques exemplaires de cette boussole primitive au butin qu'il devait ramener. Darya n'accepta qu'avec réticence, mais elle n'avait pas le choix.

Il ne leur fallut que deux heures pour rejoindre l'endroit où l'expédition qui avait quitté Tarkos des semaines plus tôt avait dissimulé le bateau qui lui avait permis de traverser le Grand Lac. Visiblement, Darya fut soulagée de le retrouver tel qu'elle l'avait laissé sous son camouflage de branchages.

— Je croyais qu'il n'y avait personne autour du lac ? s'étonna Blade.

— Personne d'humain, rectifia Darya. Mais cette végétation est infestée de singes suffisamment curieux et intelligents pour rendre inutilisable une embarcation comme celle-ci...

Une demi-douzaine de mercenaires dispersèrent les branches qui recouvraient le bateau et tirèrent celui-ci jusqu'à l'eau. C'était une grosse barque de dix mètres de long à peine et il ne fallait pas être savant pour calculer qu'elle ne pourrait jamais transporter qu'un quart des soldats du commando.

— Tes hommes ont jusqu'à la tombée de la nuit pour confectionner des radeaux..., se contenta de répondre la jeune femme à Akhett lorsque celui-ci lui en fit la remarque sur un ton acide.

Le « général » lui lança un regard aussi brillant que mauvais avant de tourner les talons pour houspiller ses hommes.

— Maintenant que cet épouvantail est parti, tu pourrais peut-être me donner une idée de la configuration des lieux afin que je puisse mettre un plan sur pied, déclara Blade à la Tarkossi. Je ne pense plus que ton obsession du secret ait encore raison d'être.

Darya acquiesça et l'entraîna juste assez loin des mercenaires pour pouvoir les surveiller sans que leurs propos puissent être entendus.

Là, elle ôta sa veste tachée, sans se préoccuper de sa demi-nudité, et sortit d'une des doublures une pièce de tissu rectangulaire qui se révéla être un plan de l'île où s'élevait Tarkos. Une fois que Blade l'eut en main, Darya se rhabilla avant d'entreprendre de lui expliquer la façon la plus simple de s'attaquer à leur problème.

— Nous n'avons pas la possibilité de prendre la cité d'assaut avec seulement une centaine d'hommes, même aussi bien entraînés que ceux-ci, commença-t-elle en s'asseyant sur une souche couchée sur le sol. De toute façon ce serait dépenser de l'énergie en pure perte car Tarkos appartient à celui qui tient le Sanctuaire.

Son doigt se posa sur une grande pyramide stylisée qui se dressait au milieu de la ville dessinée sur le plan.

— Je suppose que c'est là que se trouve le Conseil ? fit Blade.

— Et les Prêtres-Rois, précisa Darya. Leur crypte se trouve dans les fondations du Sanctuaire et seuls les membres du Conseil connaissent le moyen d'y accéder. Cela fait des siècles que ce secret est toujours bien gardé. De toute façon, ce souvenir est effacé de l'esprit du Conseiller dès que celui-ci quitte ses fonctions.

— Et il n'y a jamais eu de traître ? s'étonna Blade.

La réflexion parut amuser la jeune femme.

— Certains ont essayé de se servir de ce pouvoir à des fins personnelles mais tous sont devenus instantanément fous lorsqu'ils sont passés à l'action...

— Voilà qui ne va pas arranger tes affaires, remarqua alors Blade.

Le visage triangulaire de Darya se ferma.

— Je n'ai jamais dit que je me servirais des Prêtres-Rois qui sont la garantie de notre indépendance ! Je veux simplement renverser le Conseil et remplacer ses membres timorés et séniles par des Tarkossis responsables et qui ne soient pas effrayés comme de vieilles chouettes aussitôt qu'il est question d'ouvrir notre cité au monde extérieur !

Ces paroles remirent en mémoire à Blade celles prononcées par Kamet lors de son agonie. Darya avait-elle vraiment une idée du tabou auquel elle s'attaquait avec autant de courage et autant de... témérité ? Pour sa part, Blade était convaincu de la justesse de ses vues mais l'Histoire était remplie de personnages qui avaient eu raison d'agir mais qui l'avaient payé très cher.

— Admettons, dit-il. Reste le problème d'Akhett et de ses hommes. J'ai peur qu'il soit difficile de les faire partir aussi facilement que tu le crois...

Darya jeta un regard rapide aux soldats rasés et vêtus de cuir qui s'acharnaient à construire les trois radeaux nécessaires à leur transport sous l'œil de leur chef enveloppé dans son manteau pourpre.

— Je m'étonne que tu n'aies pas compris, sourit-elle en reportant son attention sur Blade. Effectivement, ces tueurs peuvent renier leur parole et vouloir ravager la ville. Mais, dans ce cas-là, ils ne la quitteront plus jamais... Car, il est aussi difficile de sortir de Tarkos que d'y entrer, vois-tu ! Akhett aura donc le choix entre repartir comme prévu ou rester définitivement prisonnier de la magie des Prêtres-Rois.

Blade se dit que ce n'était plus de la stratégie mais de la roulette russe. Il fallait que la situation des Tarkossis soit bien désespérée pour que la jeune femme en soit réduite à de pareils expédients.

Restait l'énigme posée par les fameux Prêtres-Rois. Blade essaya bien d'orienter la suite de la conversation sur ce sujet mais Darya resta inflexible, se contentant d'affirmer à plusieurs reprises qu'ils étaient la conscience ancestrale des Tarkossis et qu'ils veillaient sur la cité depuis sa fondation. Ce qui, tout compte fait, était plutôt mince comme renseignement.

Les choses en étaient là quand Akhett fit sa réapparition pour annoncer que les trois radeaux étaient presque terminés. Darya sauta sur l'occasion pour changer de sujet.

— Maintenant, il nous faut mettre notre plan au point, dit-elle en attirant le chef mercenaire au visage de mort vers la souche où elle avait posé la carte représentant l'île et la cité de Tarkos.

Ils discutèrent un bon moment avant de tomber d'accord sur la marche à suivre. Blade découvrit alors que le « général » méritait son surnom : Akhett n'eut besoin que de quelques secondes pour faire le tour de la situation à partir du plan dessiné sur le tissu. Au fur et à mesure qu'il assimilait les données, le brillant invraisemblable de ses yeux ne cessa de s'accroître, comme s'il était en train de se laisser hypnotiser par ses propres pensées. Un sourire se mit à déformer — il n'y avait pas d'autre mot — sa bouche. Il remit en place l'anneau d'or sur son crâne et se tourna vers Blade.

— Puisque nous n'avons pas à investir la ville, cette opération sera enfantine à mener, déclara-t-il avec assurance. J'ai déjà dirigé ce genre d'attaque surprise lors de la guerre contre le Prince du Kadirah et sa cité était autrement mieux gardée que celle-ci.

Sur quoi, il expliqua son idée à Blade. Celui-ci s'aperçut avec satisfaction que les vues d'Akhett recoupaient presque totalement les siennes.

Lorsqu'ils abandonnèrent la souche qui leur avait servi de table de briefing, le crépuscule était déjà bien avancé. De leur côté, les mercenaires venaient de mettre à l'eau les radeaux. Blade leur ordonna de les relier entre eux par des lianes puis d'attacher le tout à l'embarcation qui avait amené Darya.

Puis, tout le monde s'assit à l'abri des arbres et l'attente de la nuit commença. Les mercenaires en profitèrent pour se restaurer avant l'assaut en mangeant leurs dernières provisions pendant que de furtifs mouvements dans la végétation indiquaient la présence des fameux primates dont avait parlé la Tarkossi.

Darya et Blade grignotèrent un peu à l'écart des autres, comme s'ils voulaient profiter d'un ultime moment d'intimité avant de se lancer dans l'inconnu. Le visage de la jeune femme trahissait à la fois l'inquiétude et l'impatience qui la rongeaient.

— Tout se passera bien..., murmura Blade. Les hommes d'Akhett sont de véritables machines de guerre et si ce que tu m'as dit sur les défenses de Tarkos est vrai, les gardes n'auront

RÈGLEMENT DU CONCOURS GÉRARD DE VILLIERS - PLON

Article premier. — La LIBRAIRIE PLON et GÉRARD DE VILLIERS organisent, du 1er MAI 1986 au 31 JUILLET 1986, un concours intitulé : « CONCOURS GÉRARD DE VILLIERS - PLON » réservé aux ressortissants de langue française résidant en France, Suisse et Belgique, à l'exclusion de tout autre pays, ainsi que des membres du personnel de la LIBRAIRIE PLON et du personnel attaché à GÉRARD DE VILLIERS.

Art. 2. — Les résultats seront proclamés avant le 30 SEPTEMBRE 1986.

Art. 3. — Le concours est doté des prix suivants :

1er prix : Cinq millions de centimes (50 000 F) en espèces.

2e prix : Une semaine à HONG KONG pour deux personnes (avion Paris-Hong Kong-Paris, hôtel plus petit déjeuner) d'une valeur de 18 900 F.

3e prix : Une semaine à NEW YORK pour deux personnes (avion Paris-New York-Paris, hôtel) d'une valeur de 15 300 F.

4e prix : Une semaine à DAKAR pour deux personnes (avion Paris-Dakar-Paris, hôtel plus petit déjeuner) d'une valeur de 11 300 F.

5e prix : Une table basse haute décoration, création ROMÉO Claude DALLE d'une valeur de 25 000 F.

6e prix : Un téléviseur AKAI 55 cm - Type CTF 211 d'une valeur de 6 000 F.

7e prix : Un magnétoscope AKAI - Type VS 112 S d'une valeur de 5 900 F.

8e prix : Un magnétoscope AKAI - Type VS 112 S d'une valeur de 5 900 F.

9e prix : Un téléviseur AKAI 40 cm - Type CTS 151 d'une valeur de 5 000 F.

10e prix : Une chaîne HI-FI AKAI - Système PRO A 100 d'une valeur de 4 200 F.

11e prix : Une chaîne HI-FI AKAI - Système PRO A 100 d'une valeur de 4 200 F.

Du 12e au 500e prix : Un livre de luxe : l'œuvre de Pierre-Yves TRÉMOIS d'une valeur de 420 F.

Validité des voyages : du 15 septembre 1986 au 31 janvier 1987.

Art. 4. — Ce concours ne comporte pas d'obligation d'achat. Pour y participer, les concurrents devront remplir intégralement la carte postale qu'ils trouveront chez leur libraire ou dépositaire de livres. Les réponses adressées sur tout autre support ne seront pas acceptées, ainsi que les cartes postales envoyées sous enveloppe. Une seule carte postale sera acceptée par personne et un seul prix sera attribué par foyer.

Art. 5. — Les cartes postales devront être adressées à la LIBRAIRIE PLON, CONCOURS GÉRARD DE VILLIERS, 8, rue Garancière 75285 Paris Cedex 06, avant le 31 juillet 1986, le cachet de la poste faisant foi. Toute carte postale illisible, incomplète ou raturée sera éliminée.

Art. 6. — Pour gagner, il faut répondre aux 13 questions figurant sur la carte postale. En cas d'ex-aequo, un tirage au sort effectué en présence de l'huissier désignera les lauréats.

Art. 7. — La LIBRAIRIE PLON et GÉRARD DE VILLIERS ne seraient être tenus pour responsables pour tout retard et avaries dûs à la poste et au transport.

Art. 8. — Les gagnants des 11 premiers prix seront avisés avant le 30 septembre 1986. Les autres prix seront envoyés avant le 31 décembre 1986.

Art. 9. — La participation au concours implique l'acceptation pleine et entière du présent règlement qui a été déposé à l'étude de Maître PACALON, 17 boulevard Raspail 75007 Paris, ainsi que les réponses aux questions posées.

Art. 10. — Toute difficulté pouvant survenir à l'occasion du présent concours sera tranchée par la Direction de la LIBRAIRIE PLON.

pas le temps de se retourner que nous serons déjà en train de dicter tes conditions aux Conseillers de la cité !

Darya lui prit la main et Blade porta celle-ci à ses lèvres en un muet hommage à son courage.

Un peu plus tard, il commença à faire si sombre que les détails des montagnes parurent être avalés par la nuit. Blade s'en aperçut et se leva.

— L'heure est venue..., souffla-t-il à Darya. Et que les dieux soient avec nous !

CHAPITRE XV

Les avirons plongeaient dans l'eau sombre avec la régularité d'un métronome, tirant lentement le convoi flottant en direction du milieu de l'immense lac.

Les mercenaires les plus forts avaient été désignés pour ramer et les autres étaient assis sur les trois radeaux qui semblaient être à la veille de couler tant ils étaient chargés. Par bonheur, l'absence presque totale de vent laissait la surface des eaux aussi lisse que celle d'un miroir.

C'était une nuit sans lune et seule la faible lumière des étoiles se reflétait sur le Grand Lac.

Blade et Akhett avaient pris place dans l'embarcation, en compagnie de Darya. La jeune femme s'était installée à la proue du bateau et humait l'air pour sentir de loin l'approche de la zone où Tarkos se dissimulait sur un autre plan vibratoire. Si Blade s'était approché d'elle à ce moment-là, il aurait pu voir les narines de la Tarkossi frémir légèrement, telles celles d'un limier en train de traquer une proie encore invisible.

Au fur et à mesure que le convoi avançait, l'agitation de Darya ne fit que prendre de l'ampleur. Soudain, elle leva un bras et fit signe aux rameurs de laisser l'embarcation courir sur son erre, mouvement qui se transforma en l'espace de quelques secondes en arrêt total, en raison de la résistance des trois radeaux.

— C'est là..., murmura Darya.

Blade et Akhett se regardèrent dans le noir. Blade vit que certains occupants des radeaux étaient déjà en train de tirer leurs armes. Puis un bruit lui fit tourner la tête et il s'aperçut que la Tarkossi s'était mise debout, face au large et les bras levés vers les étoiles.

Tout à coup, la jeune femme poussa un long cri guttural suivi d'une succession trépidante de mots incompréhensibles.

Sur l'instant, rien de particulier ne se manifesta. Ce fut simplement la qualité du silence nocturne qui changea brusquement, comme si une chape de plomb était tombée sur le lac. En levant les yeux, Blade fut étonné de constater que les étoiles s'étaient mises à trembloter légèrement. Ce phénomène se poursuivit encore un peu, jusqu'à ce que la lumière stellaire redevienne figée.

Au même moment, un concert d'exclamations étouffées fit revenir Blade sur terre.

Et là, immobile dans sa blancheur quasi spectrale, Tarkos apparut à ses yeux.

En dehors même de sa soudaineté, la vision était saisissante. La cité occupait une grande partie de l'île, le reste de celle-ci étant réservé — comme le lui avait expliqué Darya — aux cultures et à l'élevage nécessaires à la survie des quinze mille habitants qui constituaient l'ultime vestige d'une civilisation qui avait, autrefois régné sur cette partie du monde.

Blade et Akhett ayant décidé de s'attaquer au point le plus faible des hautes fortifications, c'est-à-dire l'entrée du port, ils s'étaient dirigés face à la ville elle-même et non le reste de l'île.

Blade vint s'asseoir à côté de la jeune femme et posa la main sur la sienne.

— C'est une ville magnifique..., dit-il en désignant d'un mouvement du menton la masse laiteuse qui se dressait devant eux, bien visible malgré l'absence de clair de lune.

Darya eut un léger haussement d'épaules.

— Son apparence est tout ce qui reste de sa puissance..., soupira-t-elle. Si nous réussissons, tu découvriras que derrière ces fières murailles, le temps et la décadence ont commis des dommages irréparables. Même toutes ces pyramides majestueuses que tu peux voir d'ici ne sont plus, à l'exception de la plus grande, celle qui abrite le Sanctuaire des Prêtres-Rois, que des coquilles vides. Quand j'y repense, il y a des moments où je me demande s'il n'est pas trop tard et si mon peuple n'est pas déjà condamné à se dissoudre dans le paysage comme les troglodytes...

— Nous verrons ça sur place, répondit Blade en essayant de mettre suffisamment de conviction dans sa voix.

***

Darya l'avait assuré, il n'y avait pas de sentinelles sur les remparts. Seul le sommet de la pyramide du Sanctuaire disposait d'un poste de veille à l'efficacité douteuse. La raison de ce manque de précaution était évidente, une fois que l'on avait saisi la mentalité des Tarkossis : cela faisait des siècles que personne n'était venu de l'extérieur et la magie des Prêtres-Rois constituait le barrage le plus efficace qui soit contre toute tentative d'invasion. Sauf si une Conseillère se trouvait à la tête des envahisseurs...

— De toute façon, il n'y aurait plus assez de soldats pour surveiller l'intérieur de la ville si on postait les gardes nécessaires sur les kilomètres de remparts, fit Darya. Une petite troupe aussi décidée que la nôtre n'aura aucun mal à parvenir à son objectif.

— Pourtant, les hommes qui t'accompagnaient avaient l'air de savoir se servir d'une épée, remarqua Blade.

La jeune femme jeta un regard à la muraille qui s'était grandement rapprochée d'eux.

— C'est pour cette raison que je les avais sélectionnés. C'était les meilleurs, à quelques exceptions près. Je te l'ai dit, la garde de Tarkos ne nous posera pas beaucoup de problème.

Le petit convoi poursuivit sa lente progression vers la langue de terre sombre qui s'avançait au pied des remparts laiteux, jusqu'à la fortification en forme d'arche qui marquait dans la nuit l'entrée du port. Lorsqu'ils furent à moins de cent mètres de celle-ci, Akhett souffla à ses hommes de ne plus parler et de s'apprêter au combat.

Les rameurs propulsèrent sans bruit l'embarcation en direction de la grosse chaîne qui barrait l'accès à la rade intérieure. Les maillons de cinquante centimètres de long touchaient pratiquement l'eau à leur point le plus bas. Blade estima que la chaîne devait peser plusieurs tonnes et qu'il leur serait impossible de passer dessous.

— Cela fait des années qu'elle n'a pas été décrochée, lui souffla Darya à l'oreille.

— Et comment es-tu passée ?

— J'ai pris ce bateau de l'autre côté de l'île... Mais nous n'avons pas besoin, en fait, de la franchir pour entrer. Il nous suffira d'aller au point d'attache sur la droite et d'y amarrer nos bateaux. Il y a un rebord de pierre qui fait le tour de la fortification, à fleur d'eau et qui arrive au pied du premier quai.

— Décidément, on rentre dans cette cité comme dans un moulin ! s'étonna Blade à voix basse.

Darya eut une petite grimace, à peine visible dans les ténèbres.

— Du temps de mes ancêtres, cette fondation se trouvait à deux mètres sous l'eau, expliqua-t-elle avec amertume. Mais le niveau du lac n'a cessé de baisser au fil des ans, à tel point qu'un de nos derniers savants a calculé que l'entrée du port serait impraticable avant un siècle si des travaux de dragage ne sont pas entrepris entre-temps.

Blade allait lui répondre quand Akhett se rapprocha d'eux. On aurait dit que deux des étoiles étaient tombées de la voûte du ciel pour venir se réfugier dans les orbites caverneuses du chef mercenaire.

— Tu ne nous avais pas parlé de cette maudite chaîne ! murmura le Phorassien avec colère.

Blade s'empressa de lui redire ce que venait

de lui révéler la jeune femme, ce qui eut pour effet de la calmer instantanément.

Un instant après, l'embarcation vira silencieusement de bord pour se diriger vers le point d'attache de l'énorme chaîne attaquée par une rouille séculaire.

Dès qu'ils furent à pied d'œuvre, ils amarrèrent radeaux et barque et commencèrent à descendre dans l'eau. Blade prit la tête et se rendit compte avec soulagement que la Tarkossi avait dit vrai au sujet du rebord de pierre. Celui-ci se trouvait à peine à une dizaine de centimètres sous la surface et le plus grand danger qui guettait les attaquants était de faire trop de bruit en pataugeant dans le liquide tiède...

Blade fit signe aux autres de l'attendre et entama le tour de la fortification pour aller reconnaître le chemin. Il parvint assez rapidement de l'autre côté, pour tomber face à un mur de presque trois mètres de haut, en partie rongé par l'humidité. Blade n'eut aucune peine à deviner qu'il s'agissait du quai abandonné par la baisse de niveau du Grand Lac. Un peu plus loin, il distingua la forme noire d'un bateau amarré en contrebas du quai. Une vague odeur de moisi indiquait l'état de délabrement du navire.

Blade ne perdit pas de temps inutile et examina la paroi qui s'élevait devant lui. Il finit par découvrir assez d'interstices entre les pierres taillées pour servir de prises. Après un dernier coup d'œil pour voir si personne ne les observait, il se glissa sans bruit vers ceux qui l'attendaient près de la chaîne.

Dès que tout le détachement se retrouva sur le quai, dissimulé par l'ombre de l'arche géante de l'entrée du port, Blade, Darya et Akhett se concertèrent rapidement, une dernière fois, avant de passer aux choses sérieuses. Le port était vide de toute présence humaine et ressemblait plus à un cimetière de bateaux plongé dans le noir qu'à autre chose. A croire que toute vie s'était brusquement éteinte pendant l'absence de la Conseillère rebelle.

Darya dut lire dans l'esprit de Blade car elle s'empressa de lui expliquer que presque plus personne ne fréquentait les quais depuis bien longtemps et que le peu de navigation qui se faisait dans les limites de la protection magique des Prêtres-Rois partait du reste de l'île où il restait encore quelques pêcheurs à plein temps.

— Maintenant, poursuivit-elle, nous allons prendre la direction du Palais du Conseil. Comme je vous l'ai déjà dit, c'est là qu'habitent tous les Conseillers de la Cité. A cette heure de la nuit, ils doivent tous se trouver dans leurs appartements et nous n'aurons aucun mal à les réunir. Le Palais se trouve à un jet de pierre du Sanctuaire.

Blade lança un regard à la masse imposante de la grande pyramide blanche au sommet tronqué. Même sans l'aide de la lune, il parvenait à distinguer l'immense escalier qui gravissait le flanc qui leur faisait face. Il calcula que leur but n'était pas éloigné de plus d'un demi-kilomètre.

Le Palais du Conseil possédait trois entrées dont deux secondaires. Blade scinda donc le détachement en trois. Un groupe de cinquante hommes qu'il commanderait lui-même et qui s'attaqueraient à la porte principale et deux de vingt-cinq, sous les ordres respectivement de Darya et d'Akhett, qui s'occuperaient, eux, des entrées secondaires. La jeune femme leur avait expliqué en détail la configuration interne du Palais et il avait été décidé qu'ils se retrouveraient dans la grande salle d'honneur, au cœur même de l'édifice.

Blade attendit que le « général » ait procédé à la répartition de ses effectifs pour faire signe à l'Oreille-Cassée et à Nez-Brisé de s'approcher.

— Vous allez venir avec moi, dit-il aux deux mercenaires que la perspective de l'action avait enfin tiré du mutisme qu'ils n'avaient cessé d'afficher depuis le début de la traversée du lac.

Une grimace de satisfaction s'imprima tant bien que mal sur la face ravagée de Nez-Brisé.

CHAPITRE XVI

Dès qu'ils furent lâchés dans la ville endormie, les mercenaires de Phoras redevinrent ce qu'ils avaient toujours été : des loups.

Une grande partie de Tarkos n'était même plus habitée. Les immeubles, autrefois resplendissants, s'étaient effondrés par endroits, vomissant des langues de gravats dans les rues envahies par l'herbe. Toute une faune parasite s'était développée au sein de cette nouvelle écologie née de la rencontre de la végétation et des restes de la civilisation. Des petits prédateurs proches du chat poursuivaient d'étranges proies velues, à peine plus grosses que des poulets pendant que des êtres mi-plante, mi-animal guettaient, les tentacules frémissants, sous les fourrés qui avaient pris possession des anciens jardins.

Bien avant qu'ils montent à l'assaut de la chaîne montagneuse, Darya avait expliqué tout ça à Blade. Elle lui avait raconté comment les quelques milliers de personnes qui habitaient encore l'ancienne métropole s'étaient regroupées petit à petit au centre de celle-ci, au fur et à mesure que l'usure se faisait plus grande, laissant à l'abandon des quartiers entiers de la cité.

— Tant que Tarkos ne s'ouvrira pas au monde pour recevoir le sang neuf des pays qui l'entourent, elle ne cessera de rétrécir un peu plus chaque jour. Jusqu'à ce qu'il ne reste plus que les Prêtres-Rois enfermés dans leur magie comme des insectes qui n'auraient pas pu rompre leur chrysalide ! s'était exclamé ensuite la jeune femme. Et c'est cette fatalité que je veux briser, même si je dois y laisser la vie et même si nous n'arrivions pas à nous débarrasser d'Akhett, une fois les choses terminées.

Blade s'était empressé d'approuver, tout en songeant en lui-même qu'il trouverait bien un moyen de faire respecter sa parole au « général » si ce dernier commettait la malveillance de ne pas le faire. Question de principe...

A deux cents mètres du Palais, ils pénétrèrent enfin dans la zone habitée. Les maisons aux porches soutenus par des colonnes cessèrent de présenter des signes de dégradation et l'herbe disparut brusquement des chaussées dallées.

Immédiatement, les mercenaires de Phoras

se plaquèrent contre les murs, profitant des innombrables flaques d'ombre pour se fondre dans le paysage.

Quelques fenêtres étaient allumées çà et là, certaines laissant échapper dans la nuit des rires cristallins de femmes visiblement un peu ivres. A un moment donné, Blade — qui était, une fois de plus, parti en éclaireur — aperçut, dans un petit parc verdoyant, trois femmes et cinq hommes en train de faire l'amour à même le sol, le tout sous les regards brillants de quelques vieillards assis non loin de là. C'était à ce genre de détails qu'on pouvait jauger le degré de décadence de Tarkos...

Filant comme des fauves en train de suivre une piste, les mercenaires aux crânes rasés furent bientôt en vue du Palais et de la grande pyramide. Le Palais formait un fer à cheval tourné en direction du Sanctuaire tout proche. Un mur d'enceinte, ne dépassant pas la hauteur d'homme et surmonté d'une herse de pointes métalliques, courait entre les deux extrémités des ailes de l'édifice, interrompu par le double portail d'honneur d'où partait la voie qui allait jusqu'au pied de l'escalier gigantesque de la pyramide. Et, comme c'était le cas pour presque toutes les constructions de Tarkos, le Palais était d'une grande pureté de formes, refusant toute décoration ou surcharge superflue. Les ailes se raccordaient à un dôme de pierre lisse qui culminait à une cinquantaine de mètres de haut. Enfin, le palais paraissait être le théâtre d'une intense activité car de nombreuses fenêtres étaient allumées.

Le commando se regroupa une dernière fois dans le jardin s'étendant derrière le palais. Il n'y eut personne pour les voir lorsqu'ils se séparèrent en trois groupes pour s'attaquer aux entrées de l'édifice.

Celui mené par Blade allait s'engager dans la rue qui remontait le long de l'aile droite lorsqu'un soldat, envoyé en reconnaissance, revint à toute vitesse pour dire qu'un petit groupe de Tarkossis se dirigeait vers leur cachette.

— Combien sont-ils ? demanda Blade que ce contretemps contrariait.

— Une dizaine, répliqua l'homme vêtu de cuir. Il y a autant d'hommes que de femmes et ils ne paraissent pas dangereux.

— Qu'est-ce qu'on fait ? dit alors Nez-Brisé de sa drôle de voix sifflante. Si tu veux, je prends cinq hommes et on va leur régler leur compte...

Blade secoua la tête. Il n'aimait pas les massacres inutiles, surtout ceux de femmes innocentes.

— Tu ne fais que les assommer, d'accord, finit-il par dire au grand mercenaire défiguré. Le temps qu'ils se réveillent, nous aurons déjà mis la main sur les Conseillers. Et tu veilleras à ce que tes hommes ne touchent pas aux femmes, compris? ajouta-t-il au dernier moment, alors que Nez-Brisé s'éloignait déjà.

Le mercenaire prit un air amusé et lui fit signe qu'il avait compris. Une seconde plus tard, lui et ses cinq compagnons n'étaient plus que des ombres fuyantes en train de filer vers leurs victimes qui venaient de déboucher au coin du Palais.

Les onze joyeux lurons qui chantaient à tue-tête n'eurent pas le temps de se rendre compte de quoi que ce soit. Ils virent subitement jaillir six formes noires des haies bordant la chaussée dallée et une volée de machettes expertes s'abattit sur eux, étranglant net les cris qui montaient dans leurs gorges. Dès qu'ils furent tous assommés, Nez-Brisé et ses hommes les tirèrent derrière les haies, non sans laisser leurs mains s'attarder sous les tuniques courtes et colorées des jeunes femmes évanouies.

Nez-Brisé dit aux autres de l'attendre et retourna informer Blade du succès de l'action.

— La route est libre, étranger, souffla-t-il. Ne perdons pas de temps car les autres doivent être déjà aux prises avec la garde des entrées secondaires !

Blade posa sa main sur l'épaule du mercenaire.

— Tant mieux, ça les occupera pendant que nous ferons leur affaire à ceux de l'entrée d'honneur !

Un instant plus tard, la colonne se déploya le long de l'aile du Palais, avec Blade à sa tête. Les mercenaires rejoignirent rapidement ceux qui s'étaient occupés des joyeux fêtards et qui leur firent comprendre que le chemin était libre.

Blade inspecta rapidement l'espace dégagé qui s'étendait entre le Palais et l'énorme et massive pyramide blanche qui donnait l'impression de soutenir à elle toute seule la voûte des cieux. Il n'y avait personne, tout au moins pour l'instant. Mais l'endroit était trop important dans la vie de la cité pour que cette tranquillité dure longtemps. Un dernier coup d'œil apprit à Blade qu'il n'y avait que dix hommes en armes pour garder le portail.

— Et ils n'ont pas l'air bien vigoureux..., commenta Nez-Brisé à l'oreille de Blade.

La configuration des lieux ne laissait qu'une solution possible pour s'emparer du portail : foncer dans le tas. Vu la carrure et les uniformes des mercenaires, il leur aurait été, en effet, difficile de se faire passer pour de paisibles promeneurs. Blade se colla donc contre le mur surmonté de la grille et fila en direction des gardes qui étaient en train de parler à voix haute des mérites de la dernière fête donnée par le Conseil pour marquer le changement de mois. Une vingtaine de mercenaires le suivirent sans faire de bruit. Pendant ce temps, Nez-Brisé et le reste du commando détournait l'attention des gardes en surgissant à découvert et en marchant sur eux avec un air décidé.

La ruse fonctionna à plein car aucun des dix hommes protégés par d'encombrantes pièces d'armures dorées ne s'aperçut de la présence de Blade et des soldats avançant à l'ombre du mur.

Les Tarkossis hélèrent les inconnus qui venaient sur eux puis, constatant qu'ils ne répondaient pas, ils se concertèrent du regard et tirèrent de longues et fines épées aux airs de rapières. Ce fut seulement à cet instant précis que l'un d'entre eux eut le regard attiré par un mouvement le long du mur. L'homme poussa un cri d'avertissement mais Blade avait déjà bondi, tel un fauve, précédé par le dard d'acier de son poignard commando récupéré après la tentative d'enlèvement de Darya.

Le soldat tarkossi eut la voix cassée d'un coup par la lame qui venait de lui traverser la gorge de part en part. Il n'était pas tombé à terre que Blade et ses hommes avaient réussi à couper tout espoir de retraite aux gardes qui avaient commis l'erreur de se précipiter en bloc vers l'autre groupe de mercenaires.

Ils se retrouvèrent pris en étau entre les deux lignes de soldats au regard féroce et au crâne rasé. Trois d'entre eux tentèrent de percer la ligne des hommes de Blade pour essayer de se mettre à l'abri derrière le portail. Sans avoir à utiliser leurs petits arcs qu'ils avaient accrochés dans le dos, une demi-douzaine de mercenaires noirs coururent leur couper la route. Ils les interceptèrent à moins de dix pas des grilles et leur firent éclater la tête à coups d'épée. Un des Tarkossis ne tomba pas tout de suite. Ses mains tentèrent de retenir la bouillie sanguinolente qui s'était mise à couler de son affreuse blessure au front, sans qu'il s'arrête pour autant de courir.

En l'espace d'un éclair, Blade le vit percuter le portail entrouvert, la tête la première. Le front déjà fendu par l'épée du Phorassien s'ouvrit encore un peu plus sous le choc et l'homme resta coincé contre la grille avec un barreau presque au milieu du crâne. Ses jambes patinèrent encore quelques secondes avant qu'il ne s'effondre en laissant une longue traînée de cervelle le long de la barre métallique.

Dans l'intervalle, le commando avait réglé son compte au reste de la maigre garde. Les coups d'épée avaient plu sur les malheureux Tarkossis, trouvant avec une habileté consommée les nombreux défauts des cuirasses dorées qui étaient censées les protéger. Lorsque les Phorassiens eurent terminé leur travail de mort, neuf corps gisaient sur les dalles, secoués par d'ultimes soubresauts. La main d'un des gardes se leva une dernière fois avant de retomber avec un bruit écœurant dans la flaque de sang qui coulait de son abdomen éclaté. Puis ce fut le silence.

— Allons-y ! jeta Blade.

Les mercenaires s'engouffrèrent par le portail à l'intérieur de la cour qui s'étendait entre les deux ailes du Palais. Quand le dernier fut entré, Blade siffla Nez-Brizé pour qu'il l'aide à bloquer la double grille afin de retarder au maximum des secours qui pourraient se présenter inopinément de l'extérieur.

Les mercenaires de Phoras coururent au travers des pelouses artistiquement décorées de statues de pierre blanche jusqu'au large escalier d'une dizaine de marches qui permettait d'accéder à la grande porte du Palais. Mais, à peine avaient-ils débouché entre les rangées de colonnes supportant une avancée du premier étage, qu'ils s'aperçurent que la porte de bois ouvragé était fermée. Blade et Nez-Brizé les rejoignirent sur ces entrefaites.

— On a dû nous voir..., fit le Phorassien au visage écrasé.

Il venait juste de finir de parler lorsqu'un bruit de clé naquit dans l'épaisseur de la porte. Blade fit signe à ses hommes de se taire et de se plaquer contre le mur.

Un instant plus tard, un des battants de la porte s'ouvrait pour laisser passer des Tarkossis en civil qui étaient visiblement en train de fuir.

— Allez ! s'exclama Blade en sautant entre les colonnes pour donner le signal de l'attaque.

Les Tarkossis poussèrent des cris de stupeur et de terreur en voyant surgir les mercenaires en noir. A voir leur expression, Blade comprit qu'ils étaient en train de fuir devant les hommes de Darya et d'Akhett. Il cria juste à temps aux Phorassiens de ne pas les frapper. Puis il se fraya un chemin parmi les hommes et les femmes aux yeux agrandis par la peur et entra au pas de course dans le Palais, suivi par ses soldats.

La petite troupe déboucha dans un vaste hall aux murs décorés d'imposants bas-reliefs. Des lampes à huile de la taille d'un bénitier de cathédrale éclairaient avec précision la scène de panique qui se déroulait là.

Des dizaines de Tarkossis — certains peu vêtus — dévalaient les deux escaliers du fond de la salle, obsédés par l'idée de fuir. Quand ils virent les hommes aux crânes rasés et à l'expression féroce qui se précipitaient vers eux, leur panique redoubla. Sans plus attendre, Blade cria aux mercenaires de le suivre et il se rua vers les escaliers. Les habitants du palais s'écartèrent de lui comme s'il avait la peste, ce qui lui facilita la tâche, ainsi qu'à ceux qui venaient derrière lui.

En haut des escaliers, les attaquants débouchèrent sur une galerie somptueusement décorée de statues d'or massif. Blade vit les yeux des mercenaires briller. Seul Nez-Brizé et l'Oreille-Cassée parurent se moquer des richesses qui les entouraient, la passion de l'action étant, de toute évidence, plus forte chez eux que celle de l'argent.

Bousculant les Tarkossis pris de panique, Blade courut en direction de l'étage supérieur. Darya lui avait expliqué avec soin comment retrouver les appartements des Conseillers. Ceux-ci étaient facilement reconnaissables à la toge blanche que la loi ancestrale les obligeait de porter dès qu'ils sortaient en public et qui devait constituer leur seul et unique vêtement durant leur mandat.

C'est ainsi qu'il en intercepta un qui fuyait. Deux mercenaires s'emparèrent de l'homme aux traits mous et l'obligèrent à les suivre vers l'étage supérieur.

Quelques instants plus tard, Blade fit sa jonction avec Darya et Akhett qui poussaient devant eux trois femmes et quatre hommes vêtus de blanc.

La jeune femme poussa un cri de joie en apercevant leur unique prisonnier.

— Ils sont tous là ! s'exclama-t-elle en se jetant dans les bras de Blade. Nous avons réussi !

Un des Conseillers cria à la trahison mais une gifle d'un des Phorassiens lui éclata les lèvres.

— Ça suffit ! ordonna Blade à haute voix. Puis, se tournant vers Darya : Où est la salle du Conseil ?

La jeune femme s'essuya le front et rejeta ses longs cheveux noirs en arrière. Ses yeux brillaient presque autant que ceux du « général ». Ce dernier fixait les Conseillers prisonniers avec une expression glaciale qui ne contribua pas à les rassurer sur leur sort.

— Suis-moi, lança Darya à l'adresse de Blade. Ne perdons pas de temps...

La jeune femme bouscula certains mercenaires pour se diriger ensuite vers une porte métallique couleur argentée qui s'ouvrait dans un mur non loin de là. Parvenue à destination, elle fit jouer un mécanisme compliqué. Au bout d'une poignée de secondes, un déclic se produisit et la porte s'ouvrit d'elle-même sous la poussée d'un mécanisme invisible.

Les mercenaires obligèrent les huit Conseillers à pénétrer dans la salle. Blade les laissa passer avant d'entrer derrière eux.

La salle du Conseil ressemblait à un petit amphithéâtre qui n'aurait eu que neuf sièges en guise de gradins. Une haute coupole servait de plafond et les murs étaient dépourvus de toute décoration. Au centre de la salle, face aux neuf places, se trouvait une petite estrade supportant ce qui aurait pu passer pour une chaire de pierre blanche.

Pendant que les mercenaires finissaient d'entrer, Darya expliqua à Blade que c'était là que parlaient ceux qui venaient consulter le Conseil.

Puis la jeune femme ordonna aux autres Conseillers d'aller s'asseoir et se dirigea vers la chaire.

A cet instant précis, Blade se rendit compte qu'il avait perdu Akhett de vue. Instinctivement, il détourna la tête pour chercher le chef mercenaire des yeux. Un coup s'abattit alors sur son crâne. Il eut l'impression que son cerveau explosait et sentit ses genoux fléchir.

La dernière chose qu'il entendit fut le long cri d'horreur que poussa Darya quand elle le vit s'écrouler.

CHAPITRE XVII

Le réveil ressembla pour Blade à un solo de grosse caisse se répercutant à l'infini dans sa boîte crânienne.

Après des efforts inhumains, il finit par être en mesure d'ouvrir les yeux sans risquer l'équivalent sonore d'un effondrement de falaise à l'intérieur de son esprit. Des étincelles s'attardèrent encore un peu en surimpression devant ses yeux et il porta les mains à sa tête avec un soupir de soulagement. Ses doigts découvrirent immédiatement une bosse de la taille d'un œuf de pigeon au-dessus de la nuque, ce qui déclencha l'intrusion d'un éclair de douleur dans le circuit de ses neurones.

Finalement, il fut en mesure de se lever et d'apprécier à sa juste valeur le pétrin dans lequel une poignée de secondes d'inattention l'avait jeté.

Tout d'abord — et c'était prévisible — il avait

été dépossédé de tout ce qu'il portait, à l'exception de sa veste, de son haut-de-chausse et de ses chaussures. Ensuite, il se rendit vite compte qu'il se trouvait dans un cachot des plus efficaces, un cube de pierre évidée d'où il lui serait impossible de s'échapper : la seule issue était une petite porte basse en bois épais renforcé par du métal et que seul un bélier d'assaut aurait eu quelques chances de pouvoir faire sauter.

Après cette série de tristes constatations, faites à tâtons dans le noir quasi absolu qui régnait dans sa prison, Blade alla se rasseoir par terre. La seule chose qui lui restait à faire était d'attendre qu'on vienne le chercher. Et il n'avait pas besoin de faire preuve de pouvoirs de déduction surhumains pour se douter que ce ne serait pas pour lui proposer une visite touristique de l'île de Tarkos...

Blade se maudit une nouvelle fois pour ne pas avoir fait plus attention au comportement d'Akhett lors du moment crucial que représentait la prise en otages des Conseillers de l'ancienne métropole agonisante. Sans doute avait-il fini par se faire, inconsciemment, abuser par l'idée que le chef des mercenaires de Phoras tiendrait parole.

De toute façon, c'était trop tard pour se lamenter. Le mal était fait et il avait tout intérêt à se préparer au pire...

Il eut alors une pensée pour Darya qui, depuis Dieu sait combien de temps, devait se trouver aux mains du « général ».

***

A peine Blade s'était-il effondré sur les dalles carrées de la salle du Conseil qu'Akhett avait bondi sur la jeune femme pour lui immobiliser ensuite les bras derrière le dos. Un instant plus tard, Darya était ligotée et jetée à terre sous les regards vaguement amusés des mercenaires. Il n'y eut que Nez-Brisé et l'Oreille-Cassée pour sembler ne pas se réjouir outre-mesure de ce renversement de situation.

Akhett jeta un regard glacial aux huit Conseillers qui s'étaient immobilisés non loin de leurs sièges. Un obscur pressentiment leur souffla que les choses allaient mal tourner pour eux.

Un sourire mauvais s'afficha sur les lèvres du chef mercenaire à tête de mort. Puis il se retourna vers ses hommes.

— Abattez-moi cette racaille ! jeta-t-il. Je veux que tout le monde sache dans cette cité qui est le nouveau maître des lieux !

La langue phorassienne étant dérivée de celle parlée depuis de nombreux siècles à

Tarkos, les huit Conseillers comprirent immédiatement l'ordre que venait de donner l'homme au visage de démon à ses soldats.

Certains d'entre eux se ruèrent aveuglément en direction de la porte fermée et se jetèrent dans les bras des mercenaires. Les poignards brillèrent et plusieurs flaques de sang s'étalèrent bientôt sur les dalles jusque-là immaculées.

Darya se mit à crier des jurons. Pour la faire taire, Akhett se déplaça en personne. Au troisième coup de botte dans la bouche, la jeune femme fondit en larmes et ses cris stoppèrent d'eux-mêmes.

Sur un signe du « général », une douzaine de mercenaires se dirigèrent vers les quatre Conseillers qui n'avaient pas bougé de leur place. Quelques instants plus tard, quatre gorges béantes finissaient de se vider de leur sang sur le sol.

Akhett poussa un soupir de satisfaction.

— La ville est à nous ! s'exclama-t-il en faisant face à ses hommes. Quand nous en aurons fini avec les dégénérés qui l'habitent, nous serons si riches que le Gouverneur de Phoras sera bien obligé de compter avec nous ! Que diriez-vous de quitter l'*Holocauste* pour le Palais de Phoras ?

Les mercenaires poussèrent une ovation de joie. Darya attendit que le silence soit un peu retombé pour se redresser tant bien que mal contre le bas de la chaire de pierre et fixer d'un regard rageur les hommes vêtus de cuir et de métal.

— Pour ça, il faudra que vous puissiez ressortir de Tarkos, bande d'assassins ! s'écria-t-elle sans se préoccuper de la douleur issue de ses lèvres éclatées. Et ça, faites-moi confiance, ce n'est pas près d'arriver !

A ces mots, Akhett fit demi-tour et vint se planter devant la Tarkossi qui avait enfin réussi à se mettre debout malgré les liens qui lui immobilisaient les poignets et les chevilles.

— Je suis sûr que tu comprendras vite où se trouve ton intérêt..., dit-il d'une voix dangereusement calme. Vois-tu, après ce que j'avais entendu durant le voyage, j'avais compris que tes collègues du Conseil étaient trop fanatiques dans leur genre pour accepter de collaborer avec moi, ce qui explique leur fin déplorable. Par contre, j'ai bon espoir de te convaincre de nous aider à faire cesser cette magie qui coupe Tarkos du reste du monde.

Le visage triangulaire de Darya devint un masque de mépris et la Tarkossi ne put s'empêcher de cracher aux pieds du « général ».

Une gifle renforcée par la présence de deux grosses bagues fut la seule réponse du chef des mercenaires.

— Je ne parlerai pas, tu entends! hurla Darya au travers de ses sanglots. Tu ne sauras rien et tu resteras bloqué ici jusqu'à la fin de tes jours!

Le brillant des yeux d'Akhett s'atténua quelque peu sous l'effet de l'incertitude qui commençait à pointer dans son esprit. Il fallait absolument que cette femelle lui révèle l'incantation permettant de passer les défenses invisibles de la vieille cité. Et pour ça, il fallait rapidement trouver le moyen de la faire craquer.

Soudain, les yeux du « général » se posèrent sur le corps inerte de Blade. Darya lut dans ses pensées et se mordit les lèvres, rouvrant les croûtes qui venaient à peine de s'y former.

— Non..., gémit-elle. Pas lui...

Un sourire franchement malsain s'accrocha aux lèvres du chef mercenaire.

— Nous allons mettre ce fringant guerrier au frais, le temps qu'il retrouve ses esprits, puis nous nous occuperons un peu de lui... A moins que tu ne changes d'avis, dit-il en relevant le menton de Darya du bout d'un doigt à l'ongle aiguisé et pointu.

***

Blade n'eut pas à attendre longtemps avant de voir s'ouvrir l'épaisse porte de sa geôle. La silhouette musculeuse de l'Oreille-Cassée s'encadra dans l'espace ainsi dégagé, éclairée par les torches que portaient les hommes qui l'accompagnaient.

— Allez, suis-moi, fit le grand Phorassien. Le général veut te voir. Et n'essaye pas de nous fausser compagnie sinon il pourrait arriver un accident malheureux à ton amie aux yeux verts...

Sans répondre, Blade se leva et passa devant l'Oreille-Cassée. Une quinzaine de soldats aux crânes rasés l'attendaient de l'autre côté de la porte, l'air menaçant. De toute façon, il était inutile d'essayer de fuir...

Akhett avait établi provisoirement son quartier général dans la salle du Conseil mais il choisit une pièce à part pour cuisiner Blade. Lorsque celui-ci entra, la première personne qu'il vit fut Darya. Ses poings se refermèrent quand il s'aperçut que la jeune femme avait été battue.

— Tout doux, l'ami, ricana Akhett en surgissant dans son champ de vision. Attachez-le ! ordonna-t-il à Nez-Brisé et à l'Oreille-Cassée qui avaient suivi le prisonnier.

Les deux mercenaires obéirent sans précipitation et Blade se retrouva bientôt pieds et poings liés. Akhett le força à se mettre à genoux puis dit aux deux Phorassiens d'aller l'attendre dehors.

Dès que la porte se fut refermée derrière eux, Akhett tira un long poignard effilé de sa tunique de cuir et s'approcha de Blade. Attachée à une chaise ouvragée, la Tarkossi ne put rien tenter contre lui.

Avant de sortir, les deux mercenaires défigurés avaient fixé les liens des mains de Blade à une décoration métallique qui sortait du mur blanc. Blade essaya de tirer sur ses liens mais rien ne bougea et il comprit qu'il était vraiment à la merci du chef des Phorassiens.

Akhett fit quelques pas devant lui, tout en jouant avec la pointe de son poignard. Son visage cadavérique reflétait une intense satisfaction apparente.

— J'ai proposé un marché à notre amie commune, fit-il tout à coup en s'arrêtant brusquement devant Blade, mais il se trouve qu'elle éprouve quelque réticence à accepter...

Blade jeta un regard interrogateur à Darya. La jeune femme avait les yeux baignés de larmes. Blade n'eut pas besoin d'un dessin pour saisir la teneur du marché en question et la raison de sa présence dans la pièce.

— Quoi que cette ordure puisse me faire, lança-t-il d'une voix ferme à la Tarkossi, je te défends de parler, tu entends ? Il nous a trahis et il devra rester à Tarkos jusqu'à la fin de ses jours !

Les yeux d'Akhett luirent d'un éclat démoniaque. Le chef mercenaire pointa son poignard vers la gorge de Blade en faisant visiblement un effort pour ne pas tuer net son prisonnier.

Soudain, la porte de la pièce s'ouvrit, laissant passer Nez-Brisé et l'Oreille-Cassée. Akhett releva la tête.

— Qui vous a permis d'entrer ? grogna-t-il. Sortez, vous entendez !

Les deux Phorassiens se regardèrent puis l'Oreille-Cassée alla refermer soigneusement la porte avant de rejoindre son compagnon qui s'était avancé vers le « général ».

Akhett fit volte-face, le poignard prêt à frapper.

— Qu'est-ce que cela signifie, espèces de chiens puants ! s'exclama-t-il avec une rage presque incontrôlée. Dans une heure, je ferai accrocher vos cadavres aux grilles de ce maudit palais !

Les deux mercenaires ne répondirent pas aux menaces du « général » et se contentèrent de s'écarter l'un de l'autre tout en continuant à avancer vers lui. Blade était si stupéfait par ce comportement incroyable qu'il n'essaya pas d'intervenir.

Tout à coup, comme s'ils s'étaient donnés le mot par télépathie, les deux Phorassiens se jetèrent sur Akhett. Ce dernier eut une hésitation quant au choix de sa première cible, hésitation qui permit à ses agresseurs de l'assommer net à coups de poings. Le « général » partit s'étaler en arrière et resta inconscient sur le sol.

Pendant que l'Oreille-Cassée se précipitait pour délivrer Darya, Nez-Brisé vint couper les liens de Blade.

— Pourquoi ? souffla celui-ci.

Une parodie de sourire naquit sur le visage ravagé du mercenaire.

— J'avais une dette envers toi et mon ami a été d'accord pour m'aider à la régler..., fit-il de son étrange voix sifflante. Nous avons attendu qu'il n'y ait plus personne dans le couloir pour entrer. Ne perdons pas de temps...

— Au Sanctuaire, jeta Darya en se précipitant vers Blade. Il faut que nous allions au Sanctuaire car c'est le seul endroit où nous serons à l'abri !

CHAPITRE XVIII

Sortir du palais ne leur posa pas trop de difficultés tant la pagaille qui y régnait était encore grande. Seuls, Blade et Darya se seraient fait certainement intercepter puisque presque tous les mercenaires avaient assisté à l'exécution des neuf Conseillers et à la prise en otage de la Tarkossi. Mais la présence de Nez-Brisé et de l'Oreille-Cassée, les deux lieutenants d'Akhett dans cette expédition, mettait un terme immédiat à toute question déplacée, d'autant plus que les fugitifs jouaient à plein le rôle de prisonniers encadrés par des soldats...

Une fois parvenus aux grilles, ils faillirent se faire découvrir par la garde mais Nez-Brisé sut rattraper de justesse la situation et ils se retrouvèrent enfin libres.

Ils coururent en direction du Sanctuaire plongé dans la nuit. L'énorme pyramide tronquée masquait presque la moitié du ciel de sa masse blanche à peine éclairée par les étoiles et lorsque les quatre fugitifs arrivèrent au pied du grand escalier de cérémonie, il leur sembla que c'était une véritable montagne qu'ils allaient devoir gravir.

— Vite ! s'exclama Darya. Tant que nous ne serons pas là-haut, nous serons toujours à leur merci !

A la millième marche, Blade s'arrêta brusquement, le souffle court et attendit que les trois autres l'aient rejoint. Il jeta un coup d'œil vers le haut en se demandant si ce calvaire allait bientôt prendre fin... Il calcula qu'il devait leur rester encore deux ou trois cents marches à gravir. Décidément, il ne s'était guère trompé lorsqu'il avait comparé le Sanctuaire des Prêtres-Rois de Tarkos à une véritable montagne...

La plate-forme constituant le sommet tronqué de la grande pyramide faisait une vingtaine de mètres de côté. Elle était recouverte d'un damier de dalles de pierre rectangulaires de deux couleurs légèrement différentes : les unes blanches et les autres ocres.

Malgré les ténèbres presque totales, Darya se dirigea immédiatement vers la dalle centrale, plus grande que les autres. Les trois hommes la suivirent en reprenant leur souffle et découvrirent qu'une étoile à huit branches, très légèrement lumineuse, était gravée au milieu de la pierre en question.

Darya se retourna alors et demanda à Blade le poignard que celui-ci avait emprunté au « général ».

Dès qu'elle eut l'arme en main, elle s'avança jusqu'à être juste sur l'étoile phosphorescente. Puis, avec la rapidité de l'éclair, elle s'entailla la paume de la main gauche, s'agenouilla et appliqua la blessure saignante contre le symbole tout en prononçant des paroles mystérieuses à voix basse.

Toute la dalle parut alors devenir phosphorescente sous les pieds de la jeune femme. Nez-Brisé poussa un grognement de stupéfaction. Darya se releva et s'éloigna de la pierre. Elle vint se réfugier contre Blade.

— Qu'as-tu fait ? demanda celui-ci à voix basse.

La Tarkossi retourna vers lui son visage de chatte aux yeux verts.

— J'ai demandé aux Prêtres-Rois de nous laisser entrer dans leur Sanctuaire...

A peine avait-elle fini de parler que la dalle se mit à briller plus franchement. Puis la pierre parut se dissoudre autour du symbole qui avait tourné au rouge. Lorsque l'étoile à huit branches disparut à son tour, Darya quitta les bras protecteurs de Blade.

— La voie est ouverte, dit-elle, visiblement émue. Nous n'avons que peu de temps avant qu'elle ne se referme. Suivez-moi.

Sur ce, elle prit son inspiration et sauta dans le rectangle de lumière.

Les trois hommes se regardèrent, l'air soudain indécis.

— Après tout, si elle l'a fait..., murmura Blade sans être trop rassuré pour autant.

Il s'approcha et sauta en fermant les yeux, imité par les deux Phorassiens, encore plus perplexes que lui.

Blade eut l'impression d'être avalé par une bouche de lumière. D'innombrables lueurs multicolores tournoyèrent autour de lui jusqu'à presque l'hypnotiser. Il sentait son esprit l'abandonner lorsque, soudain, ses pieds heurtèrent une surface dure. Une main prit la sienne et le tira à l'écart de la colonne lumineuse.

— Bienvenue au Sanctuaire des Prêtres-Rois ! fit Darya avec un demi-sourire, avant de retourner s'occuper des deux mercenaires qui venaient d'arriver à leur tour.

Blade resta à scruter son nouvel environnement. Inutile de demander à Darya par quel moyen ils étaient parvenus au cœur de la pyramide. La réponse était le mot « magie », à moins que les mystérieux Prêtres-Rois aient été capables de construire un transmetteur de matière comme dans les bons vieux romans de science-fiction de l'Age d'Or...

La jeune femme ramena vers lui Nez-Brisé et l'Oreille-Cassée. Les deux mercenaires ne paraissaient pas vraiment à l'aise. Ils détaillèrent avec une certaine méfiance l'espèce de rotonde où le groupe se trouvait. Ici, c'était les murs eux-mêmes qui produisaient la douce lumière éclairant la pièce circulaire dépourvue de toute décoration.

Darya allait parler quand, soudain, son visage se figea. Elle fit une brève grimace et ferma les yeux, comme si une voix s'était mise à lui parler directement dans la tête. Elle resta ainsi, tétanisée, pendant une bonne minute avant de reprendre ses sens. Dès qu'elle rouvrit les yeux, Blade vit que son regard avait changé.

— C'est toi que les Prêtres-Rois veulent rencontrer, Richard Blade, annonça-t-elle sur un ton un peu las. Retourne-toi car la porte du Sanctuaire va bientôt s'ouvrir...

Blade jeta un bref regard aux deux mercenaires.

— Soyez prudents et ne bougez pas d'ici, d'accord ?

— Je me demande bien comment on pourrait faire autrement, grogna Nez-Brisé. Toute cette sorcellerie me donne froid dans le dos !

Sur ce, Blade se retourna. Il n'eut pas longtemps à attendre avant de voir un pan de mur lumineux se déplacer sans bruit pour dévoiler une ouverture vaguement ovale.

— Vas-y..., l'encouragea Darya. Je ne crois pas qu'ils te veuillent du mal.

Blade acquiesça, l'air un peu crispé, et franchit la porte d'un pas décidé.

Dès qu'il eut traversé l'ouverture, celle-ci se referma instantanément, le coupant du reste du monde. Mais ce qu'il venait de découvrir lui fit oublier sur-le-champ toutes ses craintes.

Le Sanctuaire était une pièce circulaire de plus de cinquante mètres de diamètre, avec un plafond bombé culminant à presque cinq fois la hauteur d'un homme. Comme dans toute la pyramide, la pierre blanche était reine et le sol était si lisse et brillant qu'on aurait pu le croire fait de glace.

Une espèce de halo lumineux s'élevait d'une vasque de pierre au centre mathématique de la salle, éclairant l'ensemble d'une lueur légèrement orangée. Mais le plus stupéfiant était encore les dizaines de niches qui s'ouvraient tout autour du Sanctuaire. Blade en compta une cinquantaine. Chacune d'entre elles contenait un sarcophage vertical, aux formes pures et, visiblement, en or massif.

Blade fit quelques pas en avant, évitant la fontaine de lumière, et se rapprocha du sarcophage le moins éloigné.

Il s'aperçut alors que la partie qui aurait dû recouvrir le visage du prêtre-Roi enfermé à l'intérieur était absente et qu'il pouvait parfaitement distinguer le visage ridé comme une vieille pomme d'un vieillard qui paraissait porter sur ses traits toute la sagesse du monde.

Blade retint sa respiration et se pencha vers le sarcophage.

A cet instant précis, les yeux du vieillard momifié s'ouvrirent d'un seul coup, vrillant ceux de Blade d'un regard aussi lumineux qu'un laser.

Sous l'effet de la surprise, Blade fit un bond en arrière qui l'amena presque contre le halo lumineux central.

Il se rendit compte alors que *toutes* les momies le fixaient du fond de leurs cercueils en or massif. Son esprit commença à s'embrouiller et il perdit petit à petit la notion du temps.

Une intelligence étrangère et collective prit alors possession de son cerveau, sans qu'il puisse faire quoi que ce soit pour l'en empêcher. Puis ses craintes furent apaisées par des pensées réconfortantes et il se décontracta petit à petit.

CHAPITRE XIX

Les mercenaires, avec Akhett à leur tête, s'étaient arrêtés à une cinquantaine de mètres du sommet de l'escalier titanesque qui montait le long de la face de la pyramide.

Plus bas, au pied du Sanctuaire, une foule indécise commençait à se masser, poussée par l'obscur pressentiment qu'il allait se passer un événement extraordinaire. Les Tarkossis arrivaient de partout par petits groupes et l'espace séparant le Palais du Conseil de la pyramide s'était rempli en moins d'un quart d'heure, comme si le peuple de Tarkos avait été tiré brusquement de sa torpeur séculaire par des forces quasi surnaturelles.

Lorsque Blade était apparu, nimbé d'une lumière orangée éclatante, un concert de cris de stupéfaction avait jailli de la foule jusque-là chuchotante et cette vision stupéfiante avait stoppé net la progression des mercenaires commandés par le Phorassien à tête de mort.

Blade étendit les bras et ce simple geste, amplifié par l'aura lumineuse qui déchirait la nuit sur plusieurs mètres autour de lui, fit taire presque instantanément toutes les conversations, tout en activant l'afflux de la population en direction du lieu du prodige.

Derrière Blade, invisibles aux yeux des Tarkossis et des mercenaires, se tenaient Darya et les deux Phorassiens. Les trois étaient eux aussi saisis par une crainte irraisonnée car, depuis qu'il était ressorti du cœur du Sanctuaire, Blade paraissait être touché par la puissance des dieux. Il n'avait pas prononcé le moindre mot en revenant vers eux. Il n'avait fait qu'un geste vers le haut et tous s'étaient instantanément retrouvés sur le sommet tronqué de la pyramide.

Et maintenant, le voilà qui tenait en respect une ville entière...

— J'ai toujours dit que cet étranger était bizarre..., murmura Nez-Brisé dans le conduit auditif mutilé de l'Oreille-Cassée.

Son compagnon lui souffla de se taire car la voix de Blade venait de tonner au travers de la nuit avec une force si terrible qu'on devait l'entendre à des kilomètres à la ronde.

— Hommes et Femmes de Tarkos, roula la voix en forme de tonnerre, je suis envoyé par vos Prêtres-Rois qui m'ont conféré les pouvoirs que vous pouvez constater de vos propres yeux !

Et Blade leva encore plus les bras au ciel, projetant deux éclairs de lumière aveuglante en direction des étoiles.

Un silence impressionnant s'était abattu sur l'esplanade séparant le Palais du Sanctuaire. Tout à coup, Akhett se retourna brusquement et fit lui aussi face à la foule.

— Cet homme est un imposteur ! s'exclama-t-il d'une voix qui sonna comme ridiculement faible après celle de Blade, amplifiée par la magie des Prêtres-Rois. Il n'est pas plus...

Des huées montant de la foule l'interrompirent sur-le-champ. Fou de rage, Akhett faillit ordonner à ses hommes de foncer pour disperser cette vermine qui lui tenait tête. C'est alors qu'il se souvint que l'effet de surprise était complètement passé et qu'une centaine d'hommes contre des gens subitement décidés, c'était peut-être un peu juste pour réussir un retournement de situation...

La seule chose qui lui restait à faire était de foncer au sommet de cette maudite pyramide pour régler son compte à cet étranger qui avait mis tous ses beaux plans par terre.

Faisant signe à ses soldats de reprendre l'ascension des marches au pas de charge, Akhett fonça vers Blade.

Celui-ci se contenta d'abaisser le regard, sans même paraître entendre les cris d'avertissement de la foule. Il laissa le « général » et ses mercenaires hurlants parcourir les deux tiers des marches qui les séparaient de lui avant de se décider à agir.

Sa main droite redescendit lentement, l'index pointé sur Akhett. L'aura de lumière donna une dimension saisissante à ce simple geste. Le « général » s'arrêta brusquement, mais c'était trop tard.

Un rayon de lumière presque rouge jaillit du doigt de Blade et alla frapper de plein fouet la poitrine d'Akhett. Celui-ci fut immédiatement enveloppé par une gangue de feu qui ne brûla que l'espace de quelques secondes. Pourtant, lorsque ce feu s'éteignit aussi vite qu'il avait débuté, il ne restait du Phorassien qu'un tas de cendres sur les marches.

Voyant cela, les mercenaires stoppèrent leur ascension en poussant une succession de cris horrifiés.

Impitoyable, le doigt de Blade se pointa alors sur eux et des traits de lumière rougeâtre s'attaquèrent à eux, zigzaguant sans cesse d'un rang à l'autre jusqu'à ce que le détachement de soldats perdus ne soit plus qu'un amas de cuir, de métal et de chair brûlés.

Le doigt de feu vengeur disparut et Blade

resta un court instant à contempler la foule médusée.

— Tarkossis ! jeta soudain la voix tonnante. Aujourd'hui une nouvelle ère s'ouvre pour votre cité. Par ma bouche, les Prêtres-Rois vous font savoir que l'ancienne loi de la séparation avec le Dehors est abolie ! A partir de demain, Tarkos sera accessible aux étrangers et le nouveau Conseil, dirigé par Dame Darya, fera en sorte que votre cité retrouve son statut de grande métropole de cette partie du monde !

Il y eut un moment de flottement au bas de la pyramide. Puis un cri s'éleva, immédiatement suivi par des centaines, des milliers d'autres. La foule avait encore grossi et Blade sentit que l'espoir — annihilé depuis des siècles par la décadence — était en train de renaître dans les cœurs des Tarkossis.

Il s'adressa une dernière fois à la foule.

— Avant de vous quitter, je veux aussi que vous sachiez que les Prêtres-Rois continueront à veiller sur vous comme ils l'ont fait depuis la naissance de cette cité et que, s'il y a le moindre danger, vous les retrouverez à vos côtés !

Il baissa alors les bras et l'aura de lumière qui l'entourait commença à perdre de son intensité. Blade resta à fixer le rassemblement des Tarkossis jusqu'à ce qu'il sente que la puissance des Prêtres-Rois l'avait abandonné.

Darya le vit se retourner lentement, comme s'il hésitait à le faire. Et là, elle constata avec une vague de soulagement incroyable qu'il était redevenu l'étranger dont elle était follement tombée amoureuse.

Elle poussa un petit cri de joie et courut se jeter dans les bras de Blade.

Leurs effusions furent brèves mais passionnées. Puis Blade la repoussa doucement pour s'avancer vers Nez-Brisé et l'Oreille-Cassée qui n'avaient pas bougé.

— Ce qui est arrivé à Akhett et aux autres ne vous concerne pas, leur dit-il en leur assenant à chacun une claque amicale sur l'épaule. En fait, c'est à vous que ces gens doivent tout, car sans votre intervention, le « général » serait sans doute en ce moment maître de cette cité, bloqué ou pas par la magie des Prêtres-Rois... Vous êtes donc libres de partir, si vous le désirez. Cela dit, au cas où vous désireriez rester, j'ai un cadeau et des projets pour vous. De toute façon, si vous partez, je crois que Darya sera généreuse avec vous...

Les deux Phorassiens s'interrogèrent du regard malgré les ténèbres et chacun d'eux s'aperçut que l'autre avait déjà pris la même décision que lui.

— Il est temps pour nous de mener une

existence plus tranquille, étranger. C'est d'accord, nous restons...

— A la bonne heure ! lança Blade en les prenant par le bras pour les amener près de la dalle centrale.

Celle-ci commença à disparaître.

— Nous serons de retour dans une minute, dit Blade à Darya au moment où il sautait dans le trou de lumière en compagnie des deux Phorassiens.

Les trois hommes réapparurent un instant plus tard et la jeune femme poussa un cri en découvrant le visage des mercenaires. Sur le moment, elle crut même qu'il ne s'agissait pas des mêmes. Elle jeta un regard éperdu à Blade qui ne put s'empêcher de rire de sa surprise.

— Eh oui, dit ce dernier, la magie des Prêtres-Rois peut prendre quelquefois des directions inattendues... Avec vos visages remis à neuf, je crois que vous allez faire des ravages chez les beautés de Tarkos ! ajouta-t-il en s'inclinant devant Garad et Korwin, qui ne seraient jamais plus l'Oreille-Cassée et Nez-Brisé...

Des larmes de bonheur envahirent les yeux verts de Darya. La jeune femme attendit que les trois hommes la rejoignent pour descendre avec eux vers son peuple.

Au moment de poser le pied sur la première marche, Korwin se toucha une nouvelle fois le nez en ayant de la peine à croire que ce qu'il sentait n'était pas une illusion.

CHAPITRE XX

Blade ouvrit les yeux et vit que le jour filtrait au travers des tentures tirées contre la fenêtre de la chambre. Il s'étira brièvement avant de lancer un regard dans la direction de Darya qui dormait à ses côtés. Le drap avait glissé, découvrant le corps admirable de la jeune femme.

La vue de ce charmant spectacle réveilla en lui des envies qu'il avait cru pourtant assouvies par une nuit particulièrement agitée. Comme l'avaient été presque toutes celles des deux mois qui venaient de s'écouler depuis la fameuse nuit où il avait débarrassé Tarkos de la plaie que Darya et lui y avait fait entrer par mégarde.

N'y tenant soudain plus, Blade glissa son bras hors du drap et partit à la recherche des formes de sa compagne. Darya eut un mouvement de recul dans son demi-sommeil puis se tourna sur le côté pour profiter, plus ou moins inconsciemment, de la caresse. Blade se pencha alors sur elle et entreprit d'exciter du bout de la langue le mamelon du sein gauche de la jeune femme.

Darya poussa un petit soupir et se tortilla légèrement, finissant de se découvrir. La langue de Blade descendit le long de la courbe du sein, continua jusqu'à celle de la hanche avant de s'attaquer à la zone sensible de l'aine.

Un petit sourire de satisfaction se dessina sur les lèvres gourmandes de la belle Tarkossi qui se remit sur le dos, les jambes légèrement écartées. L'invitation muette excita encore un peu plus Blade. Il se redressa sur un coude et joua avec les longs cheveux noirs étalées comme une couronne de jais autour du visage félin de Darya. Puis il déposa une succession de petits baisers sur la bouche entrouverte et sur les pommettes légèrement saillantes qui donnaient son air un peu eurasien à la jeune femme.

Celle-ci se tortilla à nouveau et se caressa le ventre de sa main droite. Ses doigts quittèrent bientôt la région du nombril pour aller se perdre dans la toison noire qui dissimulait les trésors de douceurs embusqués entre ses cuisses. C'en était trop pour Blade qui se glissa entre les jambes un peu écartées avant de guider son membre durci vers les chairs roses et humides dont il pouvait humer le parfum à la fois aigre et doux.

La jeune femme se cambra lorsqu'il la pénétra doucement. Ils jouirent rapidement, arrivant ensemble à l'orgasme après un délicieux moment de plaisir.

— Je voudrais que cela dure jour et nuit..., murmura Darya à l'oreille de Blade.

Celui-ci allait lui sussurer qu'il était prêt à recommencer quand des coups furent frappés à la porte.

***

Kwi regarda successivement Darya et Blade, avec les yeux d'un homme qui vient de reconnaître un couple de fantômes.

L'aubergiste de Phoras leva son gobelet de vin et trinqua à leur santé. Blade venait de lui raconter en gros toute leur aventure et c'était la seule réaction qu'avait eu le gros homme pour marquer son étonnement.

— Ainsi, non seulement tu as débarrassé notre bonne ville de ce démon d'Akhett mais tu lui offre en prime l'occasion de commercer avec une cité que tout le monde prenait pour une légende ! Sais-tu que j'ai failli renvoyer l'homme qui portait ton message m'offrant de servir d'intermédiaire ? S'il ne m'avait pas donné une de ces bizarres pièces d'or sans frappe, je crois que je l'aurais fait jeter dehors par mes bons à rien de domestiques...

Blade eut un petit rire.

— Ils auraient eu du mal, crois-moi ! Avec son compagnon, Garad, Korwin était l'un des meilleurs soldats de cette fripouille de « général » et tes domestiques n'auraient pas fait long feu face à lui !

Le gros aubergiste fronça les sourcils.

— Je croyais que tu avais exterminé, je ne sais par quelle magie, tous ces bandits !

— Tous, sauf ces deux-là, répondit Blade. Je leur dois la vie et, sans eux, ce serait Akhett qui règnerait ici, pillant tout sur son passage. Maintenant, ils s'occupent de missions de confiance et, surtout, d'organiser une force de défense efficace pour Tarkos. Et ils obtiennent de bons résultats... C'est une chose vitale pour une cité qui va s'ouvrir au monde après en avoir été coupé depuis des siècles !

Kwi se leva alors, après avoir reposé son gobelet vide sur la table de marbre et d'or.

— Ce n'est pas que je m'ennuie en votre compagnie, mes amis, déclara-t-il en réajustant ses vêtements, mais les affaires sont les affaires et on m'attend au port. J'ai vu qu'il y avait pas mal de travaux à faire pour le remettre en état mais, avec tout l'argent qu'il y a ici, vous n'aurez aucun mal à avoir les meilleurs ingénieurs dès que cette infâme passe au travers de la montagne sera transformée en route digne de ce nom !

Une fois que l'aubergiste rubicond les eut quittés, Blade et Darya allèrent prendre le frais au balcon de leur appartement. Ils découvrirent le spectacle de la grande cité en train de se remettre à vivre. Toutes les rues avaient été nettoyées et la vie semblait vouloir retourner vers les quartiers abandonnés mille fois plus vite qu'elle les avait quittés.

— La seule chose que je regrette, soupira Darya, est que Jutton et les autres ne soient pas là pour voir ça... En fait, je ne leur en veux pas pour ce qu'ils ont tenté de me faire. Disons que j'aurais plutôt pitié d'eux, oui, c'est ça...

— C'est étrange, fit Blade en lui passant le bras autour de l'épaule, mais j'ai l'impression que Jutton et ses compagnons haïssaient la société hiérarchisée et décadente de Tarkos, tout en n'ayant pas le courage de prendre le risque de vouloir tout changer...

— Ils ont eu tort car j'ai bien peur que les certitudes et le pouvoir exorbitant de nos vieilles familles nobles n'en aient plus pour longtemps.

Blade ne répondit rien et se contenta de l'embrasser.

Un peu plus tard, Blade abandonna la jeune femme pour aller faire un tour dans la ville où chacun le vénérait comme une sorte de demi-dieu. A un moment donné, il sembla être pris de douleur et s'engouffra dans un bâtiment à moitié en ruines en ordonnant que personne ne le suive.

Nul ne le revit jamais. Le bâtiment fut exploré, pierre par pierre, sans qu'on ne puisse découvrir la moindre trace de ce qui était arrivé et la Première Conseillère Darya faillit mourir de chagrin. Et lorsque le baume du temps finit par panser ses plaies, elle fit élever une statue à sa gloire au sommet de la grande pyramide du Sanctuaire des Prêtres-Rois.

On dit que, les soirs d'orage, des feux follets viennent s'accrocher à ses bras tendus vers le ciel et que c'est la preuve que, d'où il se trouve maintenant, il veille toujours sur la cité qu'il a délivrée de la mort lente qui s'acharnait sur elle.

Mais, seuls les Prêtres-Rois pourraient dire si c'est la vérité...

CHAPITRE XXI

Une fois qu'il eût terminé l'enregistrement de son rapport, Blade invita J à prendre un verre dans un pub non loin de la librairie *Forbidden Planet* où il devait se procurer un exemplaire dédicacé de *The Damnation Game* de Clive Barker.

Les deux pintes de Guinness arrivèrent juste avant le retour de Blade, lequel posa le hardcover de chez Weidenfeld & Nicolson sur la table, le titre tourné vers le vieux maître-espion. Celui-ci ouvrit le roman d'un geste machinal et tomba directement sur un de ces dessins provocateurs qu'avait l'habitude de faire Barker pour les gens qu'il aimait bien.

— Christ, quelle horreur..., fit J avec une moue dégoûtée. Je me demande comment un être aussi sain d'esprit que vous peut prendre du plaisir à lire de telles choses !

Blade avala un bon tiers de sa pinte de bière

noire en se disant intérieurement que cela faisait vraiment du bien de se retrouver chez soi.

— Parce que c'est la seule vraie littérature ! répondit-il ensuite pour taquiner le chef du MI-6 qui, il le savait, professait une véritable admiration pour les mièvreries de Thomas Hardy... tout en remuant ciel et terre pour se procurer avant tout le monde le dernier Robert Ludlum, ce qui prouvait que le vieil homme pouvait avoir bon goût quand il le voulait.

J haussa doucement les épaules avec un demi-sourire. Puis ses yeux se reposèrent sur le livre de Barker.

— Le Jeu de la Damnation..., lut-il à mi-voix. N'est-ce pas celui que nous jouons à chaque fois que nous vous expédions dans ces univers insensés ? Il y a des moments où je me demande si nous ne défions pas trop le ciel à vouloir ainsi quitter le monde que Dieu nous a réservé...

— Dans la mesure où mes actions n'ont jamais porté préjudice aux pays que j'ai visités, je crois que nous pouvons compter sur l'appui de la Sainte Trinité, dit Blade avec un sourire. Il y a même des moments où seul un homme venant de l'extérieur pouvait agir. Comme à Tarkos.

— C'est-à-dire ? l'interrogea J après une gorgée de bière noire.

— Jamais les Prêtres-Rois n'auraient investi un Tarkossi du pouvoir qu'ils m'ont donné pour repousser Akhett et ses tueurs. Ils auraient bien eu trop peur que tous se retournent contre eux. Par contre, ils ont lu dans mon esprit que je n'étais qu'un étranger de passage et que mes intentions étaient désintéressées. C'est ça qui m'a permis de les convaincre qu'il fallait absolument mettre un terme à cette loi stupide qui coupait Tarkos du reste du monde ! Et je fais confiance à Darya pour maintenir sa cité sur la voie du progrès. C'était un cercle infernal qu'il fallait briser, voilà tout.

J approuva d'un hochement de la tête.

— Mais, dit alors le chef du MI-6, j'avoue que je reste stupéfait par votre force de conviction : en quelques instants, vous avez complètement retourné en votre faveur des êtres immortels qui vivaient avec les mêmes idées depuis plus de mille ans...

— C'est qu'ils n'étaient pas si bornés que ça, répondit Blade. Je crois qu'ils étaient surtout mal informés des effets néfastes de la vie en circuit fermé. N'oubliez pas que les Prêtres-Rois ont eu accès à tous mes souvenirs et qu'ils ont pu ainsi bénéficier en quelques secondes de mon expérience couvrant une cinquantaine d'univers différents. Le reste coulait alors de source...

J leva sa pinte.

— Je porte donc un toast aux momies les

plus révolutionnaires dont j'ai jamais entendu parler !

Blade eut un petit rire et leva son verre à son tour.

Achevé d'imprimer en mai 1986
sur les presses de l'Imprimerie Bussière
à Saint-Amand (Cher)

— N° d'édit. 11476. — N° d'imp. 939. —
Dépôt légal : juin 1986.

Imprimé en France